藤原兼輔

山下道代

青簡舎

目　次

はじめに

藤原兼輔。十世紀前半に活動期のある貴族。従三位中納言に到り、世人には「堤の中納言」と呼ばれて親しまれた人物である。

官人としての出発は醍醐天皇の即位と同時。世を去ったのは醍醐天皇崩御の二年半後。この人の貴族官僚としての歩みは、醍醐朝三十三年間ときれいに重なる。また、歌をよくした人としても知られ、古今集以下の勅撰集には五十六首が入集、家集として兼輔集が残っている。

ここでは、その兼輔の生涯の跡を追ってみたい。醍醐天皇の治世は、後代の人によって「延喜の聖代」と呼ばれたこともあるとおり、三十三年というその長い在位期間が、ほぼ波瀾なく穏やかに経過した時代であった。その醍醐朝を兼輔はどのように生きているか、見ていきたい。

必ずしも充分な史料があるとは言えず、かつ和歌資料に偏った作業になるであろうが、わが眼に見えた兼輔とその周辺を、書いておきたい。

掲出する勅撰集・私家集からの和歌は、特に断わらないかぎり、みな新編国歌大観に拠った。ただし文字の表記は、読みやすさを考えて私に変えたところがある。

出自と時代

その家系

藤原兼輔は、藤原氏北家の出、「閑院の大臣《おとど》」と呼ばれた冬嗣の曾孫にあたる。ただし、冬嗣系本流ではなく、枝分れした支流の人である。陽成朝の元慶元年（八七七）に生まれ、朱雀朝の承平三年（九三三）に歿した。五十七年の生涯である。

まず、その家系から見ていこう。

藤原氏は、大織冠鎌足の孫の世代に、四家に分れる。すなわち、鎌足の嫡男不比等には四人の息男があり、この四人が、それぞれ藤原氏四家の祖となった。一男武智麿の流が南家、二男房前の流が北家、三男宇合の流が式家、四男麿の流が京家である。

このうち北家は、房前の曾孫に冬嗣が出て、嵯峨・淳仁朝において北家隆盛の礎を築いた。冬嗣には八人の男子があり、その第二男が良房である。良房は娘明子を文徳天皇の後宮に入れ、明子が第四皇子惟仁親王をあげるや、これを生後九か月という幼なさのうちに皇太子とした。惟仁親王九歳のとき父帝文徳天皇が崩じ、親王は登祚した。清和天皇である。帝幼少のため外祖父である太政大臣良房が天下の政を摂行することになった。事実上の摂政、それも人臣にして最初の摂政である。以後、一時的な杜絶はあるものの、この良房の子孫たちが帝外戚となって政権の座を占めつづける。これがいわゆる摂関家、すなわち藤原氏北家の本流である。

ところで、冬嗣の第六男つまり摂政良房の弟に良門という人がいて、これが兼輔の祖父にあたる。尊卑分脈によれば、良門の位階官職は「内舎人　正六位上」とのみある。同じく正二位左大臣冬嗣の息男でありながら、第二男良房は従一位太政大臣にまで到り、第六男良門は叙爵（従五位下に叙されること）すらしていない。この懸隔はあまりに甚しすぎる。二人は母を異にしており、嫡庶の差もあったのであろうが、それにしてもこれは、それだけでは説明できない隔りである。

もとより良門も、冬嗣の息男として蔭位にはあずかれたはずであって、それが叙爵にも到っていないというのは、それ以前に早逝したのだとしか考えられない。そう言えば「内舎人」とは、上級貴族の子弟たちがいずれ貴族官僚となるまでのあいだの、官人見習のような地位であって、正式任官以前の青少年期の人のものである。このようなことから考えて、「内舎人　正六位上」で終っている良門は、かなり若いうちに、すなわち正規の律令官僚に任ぜられる以前に、幼い子どもたちを遺して世を去っているのだと推測される。

かくして、同じく贈太政大臣冬嗣の息男でありながら、兄良房と弟良門との最終位階官職には、非常に大きな格差が生じた。この格差は、両者の次世代およびそれ以後の子孫たちの身分にも、直接の影響を及ぼさずにはおかない。

良房には、娘明子のほかに子がなかったので、兄長良の三男基経を養嗣子として迎えた。また基経の妹高子をも後見して、わが外孫清和天皇の後宮へ送りこむ。高子は清和天皇よりかなり年長であったはずだが、良房の立場では、そんなことにかまってはいられなかった。やがて高子所生の皇子貞明親王が登極して陽成天皇となったとき、外伯父基経はその摂政となった。すなわち良房の流は、つねに天皇外戚の立場にありつづける。

一方良門には、利基・高藤という二人の男子があった。しかし良門は、右に見たとおり「内舎人　正六位上」で早逝したようであるから、あとに遺された利基・高藤はそのときまだ非常に幼少であったはずである。それに父が「正六位上」で終った人であってみれば、蔭位の特典にもあずかれぬ立場である。もっとも利基も高藤も清和朝のうちに叙爵し、それぞれ官途に歩み出している。これで見れば二人は、父良門の早逝はあっても、冬嗣の孫ということで——つまり蔭孫として——配慮されたものであろう。とは言っても、父のない利基や高藤の行く末に、良房の養子基経におけるがごとき顕官への道は、あるべくもなかった。

こうして利基と高藤は、同じく「閑院の大臣」冬嗣の孫でありながら、従兄弟にあたる基経に比して、はじめから身分上のハンディキャップを負うて世に出た。そして兼輔は、この利基の子として生まれた人である。その将来は、やはり父利基の身分の枠内にあらざるを得ない。蔭位の制というものは、上級貴族階層にとっては、たしかにその階層内だけで後継者を再生産してゆくための有効な仕組みであったが、同時に、いったんそのコースから脱落してしまった者にとっては、低下した位置にそのまま固定されてしまうことになる仕組みでもあった。実際こののち、基経の子孫たちは最上層の貴族として摂関家を形成してゆくのだが、利基は四位どまり、高藤は五位あたりに長くとどまっている。先に、兼輔は藤原氏北家の出ではあるがその本流ではなく支流の人だ、と断ったのは、兼輔の系譜上の位置が右のようなところにあるからであった。

兼輔の出生は陽成朝の元慶元年（八七七）。公卿補任や古今和歌集目録によれば利基の六男、母は伴氏であるという。尊卑分脈は、世秀・兼茂・忠彦という三人の兄と、兼生・惟秀という二人の弟の名を記しているが、この中に兼輔と同母の者は確認できない。長兄世秀と弟の兼生は従五位下となっている。三兄忠彦は「内舎人」とのみあるから、おそらくこれも早逝したのであろう。末弟惟秀にはなんの註記もない。ただ次兄兼茂だけは、のちに従四位上参議にまで上る人である。

ついでに見ておけば、摂政基経の子としては、醍醐朝初期に右大臣となる時平が、兼輔より六年前に生まれており、朱雀朝で関白太政大臣となる忠平が、兼輔より三年後に生まれる。

宇多天皇登祚から醍醐朝へ

同じく冬嗣直系の子孫でありながら、良房の子どもたちと良門の子どもたちとのあいだには、出発のときから大きな差がついていた。ところが、良門の子高藤――兼輔から言えば叔父――の一家は、九世紀末に到って突然、思いがけない成行きにより時代の表舞台に押し出されることになる。余慶は高藤の兄利基の家にも及び、これが兼輔の進路にも幸運をもたらしてくれた。

ただし、その間の事情を説明するためには、やや回り道になるが、陽成天皇廃立のあたりから語りはじめなければなるまい。

陽成天皇は清和天皇の第一皇子、生母は摂政基経の妹高子である。外戚家期待のうちに良房の私邸染殿で生まれ、生後二か月で立太子、九歳で父帝よりの譲りを受けて登位した。言い添えておけば、兼輔が生まれたのはこの翌年である。

ところがこの陽成天皇は、長ずるに従って素行上の問題をひき起こし、ついに十七歳のとき廃位された。このあと緊急に擁立されたのが、皇統を三代さかのぼっての老齢の光孝天皇である。

光孝天皇の登極はあくまでも応急のもので一代かぎり、というのは、そのときの摂政太政大臣基経の考えであり、貴族たちの共通認識であり、なによりも光孝天皇本人の了解であった。にもかかわらずここでもはからざる成行きがあって、在位三年にして光孝天皇が病歿したあとの帝位を嗣ぐことになったのは、光孝皇子でそのとき臣籍にあった源定省である。定省は、父帝重篤のもとで急遽親王位にもどされて皇太子となり、翌日、父帝崩御により皇統を嗣いだ。意外な人物のあわただしい登位。これが宇多天皇である。

宇多天皇には、登祚前まだ源定省を名乗っていたころすでに二人の妻があり、そのどちらにも所生の男子があった。妻のひとりは参議左大弁橘広相の娘義子、いまひとりの妻が藤原高藤の娘胤子であった。義子と胤子には、定省即位ののちに女御の地位が与えられ、それぞれの所生子たちにも親王・内親王位が授けられる。女御としての地位は義子の方が高かったが、第一皇子を生んでいたのは胤子の方である。そして、のちに宇多天皇の譲りを受けて醍醐天皇となるのは、胤子所生の第一皇子、すなわち高藤の外孫にあたる敦仁親王である。

かくして、醍醐朝における高藤一家は、当人たちのまったく関知しない時勢の成行きによって、突然、かつて思ってもみなかった帝外戚という立場に押し出されてしまった。高藤の家はたしかに藤原氏北家の流れである。しかし、先に見てきたとおりその傍流であって決して本流ではない。文徳・清和・陽成と三朝にわたって外戚の座を占めつづけてきた摂関家とのあいだには、同族とは言いながら大きな身分上の隔たりがある。一方が摂政太政大臣の座にあったとき、他方は五位レベルの中級貴族にすぎなかった。

まことに、高藤の娘胤子が源定省の妻のひとりとなったとき、その先にこのようなめざましい行く末があろうなどと、たれが想像できたろうか。定省は賜姓源氏のひとりとしてこの世を生きるはずであったし、北家傍流高藤の娘との婚姻も、その立場なればこそのものであったろう。定省がはじめから宇多天皇であったら、高藤の娘の入内があり得たかどうか、わからない。

こうして、にわかにこの地位へ押し出された高藤とその一家は、帝外戚というにはあまりに弱体すぎる人々であった。公卿補任で見れば、宇多天皇登祚のときの高藤の位階はいまだ従五位上、官職は左近少将兼近江権介である。その政治力や人脈は、文徳朝以来代々の天皇を擁して国政を担ってきた摂関家の底力には比すべくもない。そもそも高藤の父良門は「内舎人　正六位上」で早逝した人。加えて高藤本人がまことに権勢欲のない人、と言うより、それにたずさわる資質を欠く地味な人物だったようである。定省が宇多天皇となったのち高藤には禁色雑袍が許され、位階も正五位を経て従四位下まで進められたが、さして重要な官には就けられていない。この人が非参議従三位とされるのは寛平六年（八九四）、宇多朝に入ってから七年目のことである。

たとえば文徳朝や清和朝のころ、天皇の私生活方面は外戚である良房の庇護管理下にあった。これは、生まれた子どもは生母の許で育てられるという当時の社会慣行の反映でもあったのだが、とりわけ清和朝における良房の「輔佐」ぶりと天皇の「依存」ぶりは、摂政と天皇の連携と言うより、むしろ祖父と孫との血脈の情愛、と言いたいほどに濃密なものであった。

このような先例のあとで非力の高藤とその一家は、突如天皇外戚となったのである。女婿定省の登極、という展開を前にして高藤にあったのは、歓喜というよりはむしろとまどいではなかったろうか。そう思いたくもなるほど、登位したばかりの宇多天皇に対する高藤家の後見体制は、こころもとないものであった。

その上、宇多天皇自身の帝位基盤そのものがまことに脆弱であった。もともと光孝・宇多という父子二代の天皇は、帝位とはほど遠いところにいたのを、にわかにかつぎ出された人物たちである。その周囲には、天皇という立場を支えるに足るノウハウもなければ人脈もない。それに摂政基経は、緊急措置として擁立した光孝天皇についてはこれを支持したが、その子定省の登極など考えてもいなかった。光孝天皇はあくまでも一代限りの緊急擁立の帝。そのあとの帝位は、当然清和天皇正系でかつ摂関家の血をも引く皇子へもどすべきだと、これは必ずしも基経個人のこだわりであったばかりではなく、当時の貴族たちの暗黙の了解でもあったはずである。しかし基経がそれへ向けての態勢を整え終らぬうちに光孝天皇は病歿、思いもよらぬ源定省の登位となった。この意外な展開の蔭には、基経の異母妹で定省の養母となっていた尚侍淑子の、懸命の奔走があったと言われている。基経は最終的に定省登位を認めはしたものの、本心では決してよろこんでいなかった。登極後の宇多天皇に対する太政大臣基経の支援ははかばかしくなく、それどころか阿衡の紛議などひき起して威圧を加えている。阿衡の紛議というのは、宇多天皇登位の直後、天皇が摂政基経に与えた勅書の中に「阿衡」という文言があったのを基経が咎めて、天皇とのあいだに悶着を起こした事件である。

このようなわけで、登位したころの宇多天皇の帝位基盤は、まことに脆弱であった。阿衡事件の際の宇多天皇が、基経の威嚇の前に屈伏したのを見ても、そのころの天皇が孤立無援、後見体制などなきに等しい状態であったことが容易に理解できるであろう。基経の死後、宇多天皇は菅原道真の抜擢などによってその親政路線を強めてゆくのだが、これもひとつには、わが帝位基盤がいかにこころもとないものであるかを、わけても外戚高藤一家がいかに政治的に非力であるかを、痛感熟知していたからであったにちがいない。

このあと宇多天皇は、道真ひとりだけに諮って、胤子所生の第一皇子敦仁親王を皇太子に立て、やがてその元服を早めてすばやくこれに譲位する。大鏡の伝えるところによれば、隠密裡の譲位であったという。もしそれが事実であったとすれば、宇多天皇はそこまで摂関家の介入を警戒した、ということである。

ただし基経のあとを継いだその子時平は、もとの外戚の地位をとりもどすのに、決して性急な手段をとったりあくどい策を弄したりはしなかった。時平がとったのは、子女を帝後宮に入れて皇子をあげさせるという方策。時間はかかるが、正攻法である。かれは、宇多天皇とその生母斑子女王の反対を巧みにかいくぐって、わが妹穏子を醍醐後宮へ送りこんだ。またその後も、醍醐天皇とのあいだに協調関係を築くべく意を用いた。光孝天皇以後、宇多・醍醐と非摂関家系の天皇がつづいている。すなわち醍醐天皇もまた摂関家の血を引かぬ帝であったのだが、穏子の入内以後、摂関家とのきずなは次第に強くなってゆく。時平が見据えていたのは、もうひとつ次の世代における確実な形勢挽回である。かれは、若いに似ぬ老練な政治家であった。

醍醐朝は、三十三年間という前後に類のない長期の治世となるが、そのあとは穏子所生の皇子たちが朱雀・村上と二代にわたって帝位を嗣ぐ。そのとき時平はもう世にいなかったが、かれが敷いた外戚の座奪還の方策は、ゆるぎない確かさで実を結んでいた。

ここで、宇多朝から醍醐朝初期へかけてのころの、高藤とその子たちのようすを見ておこう。

宇多天皇の思いがけない登祚があったとき、高藤は五十歳、位階はまだ従五位上であった。宇多即位後正五位下にあげられ、禁色雑袍を許されてはいるが、官職はもとの左少将のまま動いていない。その後も高藤はあまり枢要のポストには就けられず、どちらかと言えば名誉職的なところにばかり置かれている。外孫敦仁親王立太子のとき、従四位下から三階を超えて従三位に特叙されたり、敦仁親王即位後は内大臣という特設ポストに就けられたりしているが、これらは、皇太子あるいは天皇の外祖父に対する、いわば儀礼的処遇というものであろう。察するにこの人は、あまり実務熟達という方ではなく、人柄も控えめな人だったのであろう。あるいは、病身ででもあったか。いずれにしても、帝外戚という地位に拠って政治の実権を握ろうというような、覇気や野心の持ち主ではなかったようである。

仁和四年（八八八）、阿衡の紛議により宇多天皇を屈伏させた基経は、その直後、わが娘温子を女御として入内させた。このとき宇多後宮にはすでに義子・胤子という即位前からの妃たちがいたのだが、温子の後宮入りはこの二人を超えて、宇多第一正妃としてのそれであった。義子と胤子に女御位が与えられるのは、これよりずっと後のことである。しかし第一正妃として宇多後宮に入った温子は、均子内親王ひとりをもうけただけでついに皇子をあげることがなく、やがて寛平五年（八九三）に、胤子所生の敦仁親王が皇太子に立てられた。ただし、胤子はわが子の登極の日を待たずして寛平八年（八九六）に世を去るので、その後は温子が皇太子の母儀として遇せられることになる。

胤子の同母兄定国、すなわち高藤の嫡男は、宇多天皇の登祚後六位蔵人となって帝側に侍し、敦仁親王立太子のときは二十六歳で蔵人頭の地位にいた。定国の同母弟定方も、敦仁親王立太子の前年に内舎人として出仕しており、この時期に来てようやく、高藤の息男たちが宇多天皇側近に仕えはじめている。

兄定国は、醍醐朝初期に、時平と協力して朝政に参画し、若くして大納言右大将にまでのぼるのだが、延喜六年（九〇六）に四十歳で死去した。そのあとは弟定方が醍醐天皇外戚家の当主となり、長い醍醐朝を帝側にあって仕え通す。この人はのちに右大臣となって摂関家の忠平と並び立ち、醍醐朝を文字どおり最後まで見とどけることになる人である。

兼輔は、この定方より四歳年下の従弟。両者のあいだには極めて親密な交わりがあり、共に醍醐朝廷臣としての協力がある。兼輔にとっての定方は、生涯にわたって深いかかわりを持つことになる従兄である。

兼輔が生まれ、かつ官人として歩み出したのは、およそこのような時代の流れの中であった。それは、山城に都が定められてより百年ほどのちの時代。帝位が一時期非摂関家系の傍流に移り、醍醐朝において高藤一家が不馴れにして非力な外戚としてあったとき、兼輔はその高藤家縁辺のひとりとして生まれ合せていた。この位置が、貴族官僚としての兼輔の出発に大きく影響し、またその後の進路をも決定することになる。ここで、もし、という仮定を述べることはあまり意味のあることではないだろうが、それでももし、陽成朝が無事につづいていたならば、もし光孝天皇から宇多天皇へという意外な帝位継承がなかったならば、兼輔の生涯はかなり違ったものになっていたであろうと、やはりそれを思わずにはいられない。

三十三年という長きにわたる醍醐朝は、奈良時代以来の律令体制のたてまえが崩れ、いわゆる王朝国家体制へと変質していった時期だとされている。しかし朝廷や政権の周辺に血なまぐさい事件などは起らず、醍醐治世は穏やかに経過した。ただひとつ菅原道真の追放という事件があったが、これは時平によってほとんどあとを引かぬ形で処理された。

そして摂関家は、この穏やかさの底で、光孝朝以来非摂関家系となっていた天皇をふたたび血縁化すべく、懸命に手を打ちつづけた。外戚の座を取り戻さねばならぬ、というかれらの執念が、後の師輔・兼家・道長のころのようなすさまじき権力闘争とならなかったのは、ひとえに醍醐朝外戚家高藤一統の人々が、極めて非権力的資質の持ち主であったからである。

延喜の代の宮廷や政権の周辺には、血ぬられた政争の跡がない。それは、待つことを知っていた忠平の人となりのゆえでもあろうが、それ以上に、分を知って分を守った外戚家の人々の穏和さによるところが大きい。敦仁親王即位によってはからずも帝外戚となった高藤家の人々は、しかし外戚という立場に拠って権力を手中にしようとする人々ではなかった。ただ外戚としての私的後見、という分を守って長い醍醐朝を生き、その役割を終えたところで静かにそこを去ってゆく。外戚家の人々のそのはたらきは、歴史のおもてにはほとんど現われることがないけれども、醍醐朝における摂関家は、その方面にはほとんど手を出す余地がなかったようである。そこにだけは、たしかに外戚家がいたからである。

兼輔は、このような外戚家に連なる一員として、長い醍醐朝を生きた人である。貴族官人としての兼輔の生涯は、穏やかに経過した醍醐朝三十三年と、きれいに重なっている。

叙爵まで

春宮殿上

源定省が父帝光孝天皇崩御により帝位を嗣いで宇多天皇となった年、兼輔は十一歳である。高藤の娘胤子が生んだ宇多第一皇子敦仁親王は、そのとき三歳。すなわち兼輔は、敦仁親王より八歳の年長者として生まれ合わせていた。

公卿補任で見れば、兼輔の官人としての出発は、この敦仁親王への「春宮殿上」から、となっている。いやそれは、官人としての出発というより、官人としての出発のための序走のはじまり、と言うべきであろう。春宮殿上とは、皇太子の日常身近に仕える私的な近侍、いわばお相手役である。もちろん令に定めのある公的な官職ではなく、皇太子となんらかの縁故関係のある者が、私的に召し出されることが多かった。兼輔の場合もそれであったはずである。

兼輔が春宮殿上することになった年次はわからないが、敦仁親王の立太子は寛平五年（八九三）で、親王九歳、兼輔十七歳の年である。男子の十七歳といえば当時ではちょうど元服するくらいの年ごろであって、貴族の子弟ならばそろそろ進路が考慮されなければならない。おそらく兼輔は、敦仁親王立太子の当初から春宮殿上しているのではあるまいか。

宇多天皇が登祚した仁和三年（八八七）、高藤の嫡男定国が六位蔵人となって帝側に仕えはじめ、その五年後には定国の同母弟定方も内舎人となって、天皇近侍の人数に加わっている。すなわち宇多朝に入ると、あらたに外戚となった高藤の息男たちが帝側に侍しはじめている。この時期にはじまったと推測される兼輔の春宮殿上も、高藤家に近い立場の若者のひとりとして、その流れの中にあったものと思われる。くり返し言ってきたとおり、宇多天皇は非摂関家系の帝であって、その外戚の層はさほど厚くない。兼輔は、その層厚からざる外戚家ゆかりの人材のひとりとして、皇太子に仕えはじめることになったのであろう。かれはこうして、貴族官僚となるための序走に入った。

これを、当時の官人のコースとして見れば、たとえば文章生より出身し、文章得業生から対策（上級官僚登用試験）を経るというような、高度に専門的な統治技術を身につけた人々のそれとは、少しく別の道である。むしろ朝廷に寄り添い、天皇の私的日常にかかわり、時に裏方的な方面をもカバーしなければならない部門。すなわち内廷の臣。こののち兼輔が通ってゆくのは、ぶれることなくそのコースである。

敦仁親王の皇太子時代は三年ばかりであったから、兼輔の春宮殿上の期間も、さほど長くはなかったことになる。しかし、幼少の皇太子とまだ十代の近侍者。この年ごろにあっての三年間には、成人同士の場合におけるそれとは別の濃密さがあるのではなかろうか。そこで日々積み重ねられた日常的経験の共有が、両者のあいだにどれほどの強い結びつきを育てあげていったか、想像するに難くない。この春宮殿上の時期を経ることによって、双方には強い親和関係が生まれていたはずである。

こうして兼輔は、醍醐天皇の幼少期からその側近にあるひとりとして出発した。以下に見るとおり、その後の兼輔の官歴は、一貫して醍醐天皇のかたわらにある。後年兼輔は、参議にのぼり中納言へ進んで公卿としての十三年を生きるのだが、この人の本領は、議政官としてよりもやはり内廷の臣という方面でよりよく発揮されるようである。後代の二中歴は兼輔の名を「名臣」としてあげているのだが、これもまた内廷においての貢献、という意味で言われているのではなかろうか。十代における春宮殿上は、その内廷の臣としての兼輔のスタート地点であった。

父の死

三代実録で見れば、兼輔の父利基は、清和朝貞観二年（八六〇）十一月十六日に叙爵している。生歿年不明の人なのでこのときの利基の年齢は知られないが、官は左衛門大尉。兼輔の出生より十七年前である。このあと利基は累進して、光孝朝仁和二年（八八六）正月には従四位上に達した。この年、兼輔は十歳である。このような利基の歩みは特にめざましいものではないが、「内舎人　正六位上」で終った良門の子としては、さほど遺憾のものではないと言えよう。やはり冬嗣の孫という門地のよさが、この経歴を支えているように思われる。

しかし、このあとの利基の位階は、もう動かない。兼輔が春宮殿上をはじめたと思われる寛平五年（八九三）のころ、利基は従四位上右近衛中将であったらしいが、それから数年ならずして世を去ったようである。

工藤重矩「藤原兼輔伝考㈠」（語文研究　第三十号）によれば、利基に関して、寛平九年（八九七）三月に歿したとする資料があるという。それに従えば、利基の死は醍醐天皇受禅の四か月前、兼輔は二十一歳で、まだ皇太子の私的近侍者という身分である。つまり兼輔は、いまだ律令官人としての途に上らぬうちに、父と死別したらしい。

父利基の死にかかわって、兼輔集には次のような一首がある。

親のおもひにて山寺にこもりたりけるに、いづこにぞとたづねたまひければ

藤ごろも人のたもとと見しものをおのが涙に流しつるかな

この歌はまた、後代の続後撰集雑歌下の部にも、次のような形で収められている。

父のおもひに侍りけるころ、先だちて同じさまなる人につかはしける　　中納言兼輔

藤ごろもよそのたもとと見しものをおのが涙を流しつるかな

双方の歌には第二句と第四句に異同が見られるが、これはさほど大きく歌意に齟齬をもたらすものではない。しかし詞書が伝える詠歌事情には、かなりの相違がある。すなわち兼輔集では、山寺で服喪していた兼輔のもとにある人からの消息があったので、それへ返した歌、となっているが、時代の下った続後撰集では、先立って同じように服喪中であった人へ送った歌、ということになっている。

どちらがその時の事実を伝えているのか、確かめるすべはない。しかし、続後撰集が「先だちて同じさま」にあった人へつかわした歌、としているのには、やや不自然さが感じられる。ことによるとこれは、歌に「よそのたもとと見しものを」とあるのを深読み――あるいは誤読――して付会した詞書ではないのか。そもそも喪のうちにある者が、自分より先に服喪に入っている人に向って、「よそのたもとと見しものを」などと無神経なことを言うだろうか。ここの「よそ」は、世上一般という意味での「よそ」であろう。その点、兼輔集の詞書に語られている詠歌事情の方が、歌に詠み出されている作者の心情との照応において、自然であるように思われる。

それよりも兼輔集の詞書には、「たづねたまひければ」と相手に対する敬語使用の見られるのが気になる。このとき兼輔が春宮殿上の身であったことを思えば、その「たづねたまひ」たる相手とは、もしや、春宮その人ではなかったろうか。飛躍が過ぎるようだが、可能性としてあり得ないことではないような気がする。

兼輔が歌で答えているのは、次のような気持である。

父の喪の服を着るなど、これまではよそのことと思っていました。なのにいまは、わがこととしてそれを身にまとい、わが涙を流しております。

と。子としてわが身に着ることになった喪の服。親との永別とはこういうことであったのだと、それはたれにとっても、その場に立ち到ってはじめて痛切に思い知る悲しみなのだ。兼輔はここで「おのが涙に」と言っている。「涙に」とは、ほかのたれのものでもない自分自身の涙と、して、ということである。これは逃れようもなくわが身の上のことでありましたと、したたり落ちる涙がそのままことばに結晶したような歌句である。二十代のはじめごろ、兼輔の歌としてはごく早い時期に詠まれたものであることを、確認しておこう。

兼輔の父利基については、その歿後の小さなできごとが古今集哀傷歌の部に語られている。

藤原利基の朝臣の右近中将にて住み侍りける曹司の、みまかりてのち人も住まずなりにけるを、秋の夜ふけてものよりまうで来けるついでに見入れければ、もとありし前栽もいとしげく荒れたりけるを見て、はやくそこに侍りければ、むかしを思ひやりてよみける

御春有助

君が植ゑしひとむらすすき虫の音のしげき野辺ともなりにけるかな

作者御春有助は、右近中将利基に仕える従者であった。利基が亡くなってのち、かつての右近中将曹司に立ち寄る機会があった。そこはもと有助自身の職場であったところでもある。なつかしさに足を踏み入れてみると、前栽もなにもいたましく荒れはてていた。ああ、かほどに虫の音繁き野辺となりはてたことよと、作者は思わず歎きの声をあげずにはいられない。

この歌の長い詞書には、さながら作者自身の語りかと思われるほどの深い感情移入があって、歌のことばのひたぶるな悲哀と密接にひびき合っている。古今集の詞書に、ここまでの哀切な感情移入の見られる例は、他にあまりない。この主従のあいだにあったであろう人間的な親和の深さが、ありありと知られる一首だ。兼輔の父利基は、従者によってここまで慕われるあるじであったのである。

そして後年兼輔は、この歌の作者御春有助が甲斐の国へ下ることになったとき、賀茂川のほとりにあった堤の家で、餞別の催しをしている。席上貫之が送別の歌を詠んでいて、そのことは貫之集の中に次のように記し残されている。

兼輔の兵衛佐、賀茂川のほとりにて、左衛門の官人御春有助甲斐行くうまのはなむけによめる

君惜しむ涙落ち添ふこの川のみぎはまさりて流るべらなり

詞書に見える「兼輔の兵衛佐」という官名に拠って考えるとすれば、兼輔が右兵衛佐であったのは、公卿補任によれば延喜七年（九〇七）から延喜九年（九〇九）いっぱいであり、年齢で言えば三十一歳から三十三歳まで、父利基の死からは十年ばかりが経っている。

古今和歌集目録で見れば、これより前の延喜二年（九〇二）に有助は「左衛門権少志」に任ぜられており、その時兼輔は右衛門少尉であった。二人が同時期に衛門府に所属していたというのは、工藤重矩「藤原兼輔伝考(二)」（語文研究　第三十三号）の指摘のとおりではあるが、ただ、両者の階層差、身分差、年齢差などを思うとき、それから数年後の有助の甲斐下向にあたって兼輔がわざわざ送別の催しをするというのは、単に同時期に衛門府に所属していたからというだけでは、説明がつきにくいことである。

思うに有助は、右近中将利基の歿後、その子兼輔の従者となっていたのではないか。本主が従者の地方下りにあたって餞することは、この時代よくあったことであり、兼輔集の中にはなお他にも、それらしい例を見出すことができる。一方、後に「兼輔と貫之」の章で詳述するとおり、貫之は早くから兼輔の家人《けにん》であった。ここから推して、右の有助への餞の場には、同じく兼輔の従者であった貫之もいて、右のように有助への送別歌を詠んだ、と考えるとき、違和なく状況が説明できるように思われる。なおこの場で詠まれた右の貫之の歌は、貫之個人の有助へのあいさつというより、本主兼輔の意を体しての有助への惜別歌であった、と見るべきであろう。

なお、これに関して言い添えておきたいことが、いまひとつある。

古今和歌集目録では、有助は「敏行家人」となっている。藤原敏行は兼輔の父利基とほぼ同世代の人で、延喜七年(九〇七)――あるいは昌泰四年(九〇一)とも――に世を去っている。このころの中・下級の官人たちが兼参《けんざん》して複数の本主に仕えることがあったのも後述(146頁)するとおりで、有助が「敏行家人」でありながら利基・兼輔父子とも主従関係を持ったとしても、別にふしぎではない。この時代の上級貴族と中・下級官人との私的従属関係はあまり記録にも残らず、後代からはその実状がなかなか窺い知られないのだが、このときの兼輔がかつて父の従者であった者のためにこのような餞を催しているのは、やはりその者が兼輔にとっても従者であったからだ、と見るのが穏当であろう。

そして右に掲出した有助や貫之の歌から見えてくるのは、ただ利基と有助のねんごろな主従関係だけではない。父の死後も父の従者であった者との縁を大切にする兼輔の人となりである。兼輔はこの世における人間関係を大切にする人であった。高位の人々とのつきあいだけでなく、卑位の者たちへの心くばりをも忘れない。兼輔集や後撰集の中には、さまざまの形で、幅広い層の人々と兼輔とのかかわりの跡が残っているのだが、それは、人をよく容れ、人とのつながりをおろそかにしなかった兼輔の、人柄の反映にほかなるまい。

醍醐朝はじまる

寛平九年（八九七）七月三日、皇太子敦仁親王は父帝よりの譲りを受けて帝位を践み、ここに醍醐朝がはじまる。

この年兼輔は二十一歳。前節（21頁）で見たとおり、父利基の死が寛平九年（八九七）三月であったとすれば、それから四か月後には治世が代って、醍醐朝に入ったことになる。敦仁親王の即位により春宮殿上は自然解消となったはずだが、兼輔はその四日後に昇殿を許され、非蔵人としてひきつづき新帝のかたわらに侍することとなった。

非蔵人とは、いわば蔵人見習のような身分であって、蔵人所に所属する。上級貴族の子弟たちが、殿上の雑用をつとめながら将来を学ぶ場でもある。定員というものはなく、人数はその時の状況次第であったようだ。醍醐天皇は十三歳という若さでの登祚であったから、皇太子時代の近侍者でそのまま非蔵人へ移されたのは、兼輔ひとりだけではなかったかもしれない。それでもこのことは、春宮殿上時代の兼輔のはたらきに対する評価でもあったはずである。兼輔は、新帝のかたわらに必要な侍者のひとりとして、醍醐朝のはじまりに臨んだ。

蔵人所は、かつて嵯峨天皇の代に、平城上皇とのあいだにいわゆる「二所朝廷」の状態が生じたとき、嵯峨天皇によって新設された令外の官である。その役割はいわば天皇の秘書部門。君側にあって諸方面との連絡にあたり、また殿上における実務雑用万端を受持った。長官を蔵人頭と言い、定員は二名。宮中における蔵人頭の地位は重く、殿上にあっては大臣といえども蔵人頭の指揮に従うべきものとされた。

宇多朝に入ると「蔵人式」が制定され、五位蔵人と六位蔵人の別が立てられるなど、蔵人所の機構は整備された。これは帝位基盤弱体であった宇多天皇の、親政路線を補強するための方策であったと言われている。またここで新しく整備強化された蔵人所の機構が、十三歳という幼なさで登極させたわが子醍醐天皇にとっても有効な支えになるであろうことを、宇多上皇は期待したにちがいない。

では、醍醐朝始発時における蔵人所の布陣を見ておこう。

まず蔵人頭には、平季長と新帝外戚高藤家の嫡男定国。季長は宇多上皇の信任篤かった人で、宇多退位のときも蔵人頭の任にあった。譲位にあたって上皇が新帝に与えた「寛平御遺誡」の中にも、公事に熟達した人物としてその名が挙げられている。新帝の幼なさをおもんばかっての頭への再起用であったと思われる。しかしその季長は、任命後十七日でにわかに卒去、上皇の期待にこたえることはできなかった。従って醍醐朝の蔵人所は、事実上定国ひとりの頭ではじまったと言ってよい。

市川久編『蔵人補任』（続群書類従完成会　一九八九年）で見れば、この時期の五位蔵人は源実と良峯衆樹である。六位蔵人としては、兼輔の異母兄兼茂、阿衡の紛議のとき渦中に立たされた橘広相の子公頼、南家出身で良吏を謳われた藤原保則の子清貫、京家出身の藤原忠房らが名を連ねている。いずれも宇多上皇人脈の中にあった若者たちで、ここにも新帝身辺に対する上皇の配慮が窺われる。それにまたこれらの人々は、こののち兼輔が親しい交りを持つことになってゆく先輩たちでもある。

この時期の兼輔の身分は非蔵人であって、いまだ正式の蔵人所職事《しきじ》ではなかったが、翌寛平十年（八九八・四月に昌泰と改元）正月、讃岐権掾という官を与えられた。これが令制下官僚としての兼輔の最初のポストである。地方官だが現地赴任したわけではなく名誉職。その三か月あとにはまた昇殿を許されて非蔵人をつとめている。

蔵人頭定国は、在任二年足らずで参議となり、蔵人所を去った。新帝の外祖父高藤の家では、宇多朝の末に高藤自身が非参議三位にあげられ、醍醐朝始発時には中納言へ進められているが、やはりこの人は政治的には非力であったようである。健康にも問題があったのかもしれない。そのために嫡男定国の登用が早められたのであろう。定国は参議となったその年のうちに中納言へと、異例の昇進を見せる。高藤本人は、昌泰三年（九〇〇）に、内大臣というこの人のためにだけ復活した大臣位に据えられ、帝外祖父としての処遇を受けたが、その二か月後に病歿している。

内大臣位は、病勢が悪化したための措置であったと思われる。

帝外戚としての高藤家では、高藤在世のうちから、実質的には定国が家父長の位置にいた。そしてその定国が取ったのは、左大臣時平すなわち摂関家との協調路線であった。昌泰四年（九〇一・七月に延喜と改元）正月の右大臣菅原道真左遷のときも、中納言定国は終始時平に同意して動いている。定国には、摂関家との協調なくしては外戚としての役割は果し得ない、という現実的な判断があったのであろう。このあたりから摂関家の底力は、醍醐朝廷の内側へと確実に浸透してゆく。

話を兼輔にもどそう。

昌泰四年（九〇一・七月に延喜と改元）正月、道真が大宰府へ左遷されたとき、兼輔は二十五歳、讃岐権掾の官にあって非蔵人殿上する身であった。右大臣追放という衝撃的な事件は、まさしく兼輔の眼前間近なところで勃発し推移した政変である。このとき、蔵人所の一員としての兼輔の立場は、当然醍醐天皇を擁する時平の側にあったはずである。時の蔵人頭は藤原菅根。一貫して時平と心を合わせて動き、変を知った宇多上皇が内裏へかけつけてきても、宮門を守って先帝を内へ入れなかった人である。

しかしまたその一方で、兼輔個人にとっての道真は、非常に早くから身近に接してきた人物でもあったはずである。兼輔がまだ十代で春宮殿上していたころ、道真は皇太子敦仁親王の春宮亮であり、また侍読でもあった。親王は道真に命じてしばしば詩を賦さしめ、あるときは一時に十首を作れなどと命じたりしている。それらの詩は菅家文草中に現存するが、そこから見えてくるものは、皇太子の好学と、それをよろこびそれによく応えていた侍読の、誠実な姿である。学問を通しての君臣のうるわしき心の通い合い。そのありさまは、十代の兼輔がまのあたり見てきたものであったはずである。さらに親王登祚後も非蔵人として殿上に奉仕した兼輔は、新帝治世下、左大臣時平と並んで天下の政にあずかっていた右大臣道真の姿も、ひきつづき間近なところで見ていたはずである。

その年正月二十五日、諸陣警固のうちに、突如右大臣を大宰権帥へ左降するという詔が下った。時平側の動きは厳重にして隠密裡、かつ周到にして迅速であった。道真はほとんど抗するすべなくして、都を追われていった。

この事件に関して、兼輔がなにを見、なにを聞き、なにを思ったか。兼輔の周辺にいかなる痕跡も見出せない現在からは、なにも言うことができない。ただ、二十五歳の兼輔がこの事変の現場間近い場所にいたことだけを、ここでは見ておこう。事の終った翌月、兼輔は右衛門少尉に任ぜられている。

叙爵

それからちょうど一年経った延喜二年（九〇二）の正月、兼輔は、従五位下に叙せられた。二十六歳である。

従五位下に叙せられることを「叙爵」と言い、また「かうぶりたまはる」とも言う。この時代にあって従五位下とは、貴族官僚と下級官人とを分つ一線である。令制ではこれより上が勅叙の位であって、位田・位禄等もこれ以上の者にのみ支給される。従五位下に叙せられるとは、貴族官僚のひとりとして席を与えられたということである。

兼輔が生きた十世紀のころ、こうした五位以上の貴族はどのくらいいたものであろうか。史家によるいろいろの試算があるようだが、およそのところとして、

大内裏に群立する官衙に出仕する貴族官人はざっと数えて一万人にのぼったとみられる。そのうちいわゆる貴族（三位以上の貴、四・五位の通貴《つうき》を合わす）はごく一部で百五十人前後、二百人を超えるということはまずなかったろう。

（村井康彦『平安京年代記』京都新聞社　一九九七年）

ということのようである。すなわち、平安朝前期における五位以上の貴族はおよそ百五十人前後、

多く見積っても二百人には届かぬ、というほどであったらしい。そして叙爵されるということは、このごく少数の貴族社会の一員になるということであった。

兼輔は二十六歳にしてその「かうぶり」を得た。もちろんそれは、摂関家子弟に見られるような超特権的な昇任には及ばないものの、従四位上右近中将利基の遺子としては、まず順調なすべり出しであったと言っていい。ひとつにはこれは、兼輔が醍醐天皇外戚である高藤の家と血縁的に近く、かつ高藤家の立場を補強するに足る人材のひとりであったからであろう。

さらに兼輔は、叙爵の翌月改めて昇殿を許され、なお帝側に侍しつづけることになる。昇殿を許されるとは、天皇の常御殿である清涼殿の殿上の間に侍することを許されることであって、その人々を殿上人と言う。殿上人の員に入ることは、位階・官職とはまた別の栄誉である。稀には公卿であっても殿上を許されない者もあったほどなのだ。殿上人に定員というようなものはなかったが、橋本義彦『平安貴族』（平凡社選書　一九八六年）によれば、長治二年（一一〇五）の例で四十七人を数えたという。しかしそれより二世紀前の醍醐朝では、おそらくそれほどの数はなかったであろう。兼輔は叙爵のあとただちに、その殿上人に加えられた。

公卿補任によれば、兼輔の叙爵は「殿上非蔵人労」によるものという。叙爵直後の昇殿もその線上にあったものであろう。春宮殿上以来ほぼ十年、兼輔はずっと醍醐天皇の側近にいた。立太子の時九歳であった天皇は、もう十八歳になっている。このあたりまでくると兼輔は、いつも帝側になくてはならぬひとり、と見られていたのではないか。若いながら天皇身辺の諸事に通じているたしかな近侍者。「殿上非蔵人労」ということばからは、そうした兼輔のイメージが立ち上ってくる。

内廷の臣

内蔵寮と蔵人所

叙爵の翌年、すなわち延喜三年（九〇三）の二月二十六日に、兼輔は内蔵助に任ぜられた。内蔵助とは内蔵寮の次官。このとき兼輔二十七歳、醍醐天皇は十九歳である。

ついでに言えば、その前日二月二十五日には、筑紫大宰府で前右大臣菅原道真が薨じているのだが、もちろんその報は、まだ都には届いていなかったであろう。

内蔵寮は、「くらりょう」と訓む。和田英松著・所功校訂『新訂官職要解』（講談社学術文庫　一九八三年）には、

『和名抄』にはウチノクラノツカサとよんでいるが、内の字は略してよまぬ例である。

と見える。国史大辞典（吉川弘文館）でその内蔵寮の職掌を見れば、次のような説明がある。

『養老令』や『延喜式』の規定によれば、大蔵省より割き送るところの金銀・珠玉・宝器・錦綾・雑綵・氈褥および諸蕃貢献の珍奇を保管出納し、天皇・中宮の御服・靴履・鞍具その他別勅の用物および諸社祭・陵墓の幣物、祭使の装束、御斎会以下三会の布施、御在所殿舎の燈油などを調進するのを職掌とした。そのほか内侍所の供神物や装束を調進し、供御や饗饌を弁備したことも国史以下諸記録にみえている。

この記述を見ただけで、内蔵寮の職務がいかにこまごまと多岐にわたり、しかもおろそかならぬ配慮を求められるものであったかがわかるであろう。つまり内蔵寮は、皇室内廷経済の一切を司る出納官庁である。森田悌『王朝政治』（教育社歴史新書　一九七九年）には、

内廷経済にかかわる内蔵寮は出納官庁として重要であるとともに、格式の高い役所と考えられていたようである。平安時代に入ってからのことであるが、妻妾の卑しい人は内蔵頭《かみ》になれないとある。九・一〇世紀を通じ良吏《りょうり》を謳《うた》われた官人や天皇の側近が内蔵頭となることが多く、天皇の代がかわるごとに頭が移動するという慣行もあり、頭となったものの中には後に参議となっている人も多い。

と解説されている。

兼輔は、二十七歳にしてそのように「格式の高い」内蔵寮の次官に任用された。それまでの「讃岐権掾」や「右衛門少尉」などとはまるで別格の実務ポスト。それも皇室内廷に直接かかわる財務担当である。天皇の信任がなければならないだけでなく、まちがいのない仕事のできる者、また関係各方面との連携も円滑にできる者でなければつとまらぬ役職であろう。その点兼輔は、天皇の皇太子時代から一貫してその側近に仕えてきた履歴を持つ。おそらくその実績を買われての補任であったに違いない。

しかもここからの兼輔の内蔵助在任は、延喜十六年（九一六）まで十三年間という長期のもの

になる。その間、内蔵頭すなわち兼輔の直属上司である内蔵寮長官にどのような人々が就任したか、史料が乏しいので詳しく知ることはできないが、十三年という長さから考えて、おそらく複数人の内蔵頭が交替していると思われる。そこで想像されるのは、仮に長官が短期で交替しても、実務に通じた次官がしっかりと控えているという形。この長い任期の末ごろには、兼輔はもう内蔵寮実務の事実上の中心にいたのではないか。二十代後半から三十代という時期に、これだけの長い期間内蔵助をつとめたことによって、兼輔は内廷方面に関しての余人の及ばぬキャリアを積んだはずである。

いまひとつ、内蔵助時代の兼輔について言っておかなければならないことがある。それは、従兄にあたる定方の娘と婚姻していることである。これについては後に「兼輔と定方」の章の「定方のむすめ」の項で詳しく述べるが、この婚姻によって兼輔の立場はよりいっそう外戚家に近くなった。またそれは外戚家にとっても、心強い態勢強化につながるものであったに相違ない。

その後の兼輔は、延喜十六年（九一六）三月に権内蔵頭となり、翌十七年（九一七）の正月に改めて内蔵頭に転ずるが、この人にとってそれは、長年の実に対して名が備わったとも言うべき、当然の補任であったろう。この内蔵頭のポストには、延喜十九年（九一九）正月左近衛権中将に任ぜられるまでいたようである。

このように、兼輔の内蔵寮勤務は、次官に十三年、長官に三年、併せて十六年間にも及ぶ。これは兼輔が承平三年（九三三）に歿するまでの官歴三十年の、実に半ばを超える期間である。年齢で言えば二十七歳から四十三歳まで、兼輔はその壮年期を内蔵寮ひとすじに仕えている。

ではその十六年のあいだの、兼輔の位階の進み方や兼官の状況を公卿補任で見ておこう。括弧の中に示した数字は、年齢である。

延喜三年二月　内蔵助　(27)
七年二月　右兵衛佐 助如元　(31)
九年正月　五位蔵人　(33)
十年正月　叙従五位上　(34)
　　　　　右衛門佐 助如元
十三年正月　兼左近衛少将　(37)
十四年正月　兼近江介　(38)
十五年正月　叙正五位下　(39)
十六年三月　兼内蔵権頭　(40)
十七年正月　内蔵頭　(41)
　　八月　蔵人頭
十一月　叙従四位下

十九年正月　兼備前守　（43）
兼左近衛権中将

一見してわかる着実な昇進。特に三十代後半以降の進み方は非常に順調である。

注目したいのは、三十三歳からの五位蔵人兼務である。かつて叙爵前に非蔵人として蔵人所に所属していた兼輔は、ここでふたたび蔵人所にもどり、それも五位蔵人という重い立場で殿上のことにあずかる身となる。内蔵寮と蔵人所の兼務。すなわち内廷財務の担当者と天皇秘書室の一員とを兼ねるのだ。言ってみれば天皇家の家司とでも言えようか。この内蔵助と五位蔵人兼務は四十歳の年まで七年間に及び、やがてそのまま内蔵寮と蔵人所両方の長官就任へとつづいてゆくのである。

かくして兼輔は、四十一歳で皇室内廷財務管理部門の統括者と殿上における首座とを兼ねた。皇室財務と殿上のことに通じた内廷の臣。兼輔のキャリアは、一貫してそこで磨かれている。


ではここで、兼輔が五位蔵人を兼ねることになった延喜九年（九〇九）のころの蔵人所のメンバーにどのような人々がいたか、見ておこう。

市川久編『蔵人補任』（続群書類従完成会　一九八九年）によって知られる範囲で見れば、蔵人頭にはそれまで五位蔵人であった藤原清貫が昇任している。この清貫という人は、藤原氏南家の出であるが、醍醐朝外戚家の定方と非常に近いところにおり、のちには大納言にまで到る人である。定方の妹にあたる尚侍満子の夫ではなかったかと私は見ているが〈山下道代『伊勢集の風景』〈臨川書店　二〇〇三年〉の中の「清貫という人」に詳述〉、兼輔よりは十歳の年長者である。先任の五位蔵人としては、清貫よりさらに年長の良峯衆樹がいる。兼輔より下位の六位蔵人には、紀長谷雄の二人の息男淑人と淑光や、南家敏行の息伊衡、仁明平氏の希世などの名が見える。

なお、兼輔の五位蔵人在任中の蔵人頭は、清貫のあとが北家良世の息恒佐、そのあとが良峯衆樹と代っているが、定員二名のうちのいまひとりの頭がたれであったか、『蔵人補任』には記載がない。一名は欠員のままであったのかもしれない。

延喜十七年〈九一七〉八月、兼輔は、参議となって転出した良峯衆樹の後任として蔵人頭となった。四十一歳。これに先んじて同年正月には内蔵頭に就任している。すなわちこの年、内蔵頭と蔵人頭を兼ねることになったのである。同じ年の十一月、従四位下に叙せられた。

それから二年後の延喜十九年〈九一九〉正月、左近衛権中将を兼ねていわゆる頭中将となる。内蔵頭の官は、このとき去っているのであろう。さらにそれから二年後の延喜二十一年〈九二一〉、四十五歳となった年の正月に参議に任ぜられて公卿に列し、五位蔵人以来十二年間在職した蔵人所を去っている。

以上見てきたような二十代後半から四十歳過ぎまでの歩み。令制下貴族官僚としての兼輔の生涯の核は、この長い内蔵寮時代および内蔵寮・蔵人所兼務時代に形成されているはずである。後撰集や大和物語などから窺われる多彩な人脈も、おそらくこの時期の人間関係にはじまるものが少なくなかったに違いない。

忠平の時代へ

兼輔が内蔵助に五位蔵人を兼ねることになった延喜九年（九〇九）の四月、台閣首班の座にあった左大臣時平が薨じた。三十九歳という若さであった。

光孝朝以来、いわゆる摂関家の基経・時平二代の当主たちは、天皇とのあいだに外戚関係のない立場で政権運営にあたらねばならぬ執政者たちであった。ただし、父基経の宇多天皇に対する姿勢がいたく硬直して威圧的であったのに対して、子時平の醍醐朝における動きには、いますこし硬軟の使い分けがあり、かつ戦略的であったように見受けられる。

時平は、たとえば宇多天皇側近中の側近であった菅原道真を追放するについてはまったく仮借するところがなかったが、わが妹穏子を醍醐後宮へ送りこむことについては、宇多上皇とその生母班子女王の強い反対があったにもかかわらず、これを巧妙にかわして実現させている。このときの穏子の入内は、その後摂関家が外戚の座に復帰するための、決定的な布石となった。こうしたところの時平の政治手腕には、父基経を凌ぐものがあったように思われる。

時平が亡くなったとき、その嗣子たちはまだ幼少であったから、摂関家当主の座は末弟忠平によって受け継がれることとなった。このとき、醍醐天皇の外戚高藤家の人々がみな温厚にして非政治的資質の持ち主であったことは、摂関家にとって、殊に忠平にとって、まことに幸運なことであったと言わなければならない。

兄時平の死のとき参議末席にいた忠平は、その後二年のうちに大納言にまで進み、延喜十三年（九一三）の右大臣源光の死去のあとを受けて翌年八月には右大臣にのぼり、台閣首座に就いた。この人は兄のような剛腕の政治家ではなかったが、時代の状況に恵まれたこともあって、醍醐朝から朱雀朝を経て村上朝まで、四十年間という長期の安定政権を維持することになる。

一方、醍醐天皇の外戚家では、昌泰三年（九〇〇）に天皇の外祖父高藤が世を去った。そのとき嗣子定国は三十五歳で中納言位にあった。この定国は、おとなしく非政治的であった父高藤とは異なり、積極的に時平と協調して外戚家としての立場を固めることに努めた。道真追放のときも、はっきりと時平に同じて動いている。事の終った直後右大将に任ぜられ、翌年には大納言へ進み、外戚家にとっては頼もしい当主であったのだが、ただ時平よりも三年早く、延喜六年（九〇六）に薨じた。定国の死により、その同母弟定方が外戚家のあとを嗣いだが、このとき定方は三十四歳、従四位下右権中将であってまだ公卿には列していない。この人が参議となるのはこれより三年後であり、中納言へ進むのはさらにそれより四年後である。摂関家当主交替のとどこおりなさに比べて、外戚家におけるそれは、かなり時間がかかっている。

それに、このあたりまで来ると、醍醐朝廷に対する摂関家の影響力はかなり浸透してきている。なによりも延喜三年（九〇三）十一月に女御穏子が崇象親王（のちに保明親王と改名）をあげたことは決定的で、翌年二月にはこれが皇太子に立てられた。時平による外戚の座回復策は、確実に実を結んでいる。この流れを継いだ忠平は、決して事を急がなかった。すでに崇象親王の立太子は実現している。あとは無理することなく時の経過を待てばよい。摂関家の人にしては珍しく、忠平は待つことのできる政治家であった。

もっとも、忠平がかように寛厚であり得たのは、ひとつには客観状勢に助けられていた面もある。この時期の摂関家は忠平を中心にしてよくまとまっていたし、外にも摂関家を脅かすような対抗勢力は存在していなかった。なによりも、天皇の外戚家が分を知って分を守る温和な人々ばかりであったことが大きい。

外戚家では、大納言定国が死去してのちその弟の定方が大納言位にのぼるまで十五年もかかっているが、その間外戚家はあらわな焦りや怒りなどを見せていない。定方は延長年間に入ってようやく右大臣となり、左大臣忠平と並び立ったが、この人は権謀術策などには遠く、和歌をよくし、ただ天皇の私的身辺にねんごろな心を配る人であった。

宇多上皇は譲位のとき、わが子醍醐天皇に対して「寛平御遺誡」という教誡の書を与えている。その中に、「後庭」のことは「宮中の至難」であると諭したところがあり、定国朝臣の姉妹近親の中にその事に堪え得る者が一両人あるからと、これを登用すべきであることを示唆している。醍醐天皇の生母胤子は、わが子の登極の日を待たずしてすでに世を去っており、外戚家の当主にして胤子の同母弟であった大納言定国も、延喜六年（九〇六）に死去している。翌延喜七年（九〇七）二月、定国の同母妹満子が尚侍の任に就いた。以後満子は、朱雀朝の承平七年（九三七）に歿するまで、三十年間その任をつとめる。尚侍とは、令制後宮十二司のひとつである内侍司《ないしのつかさ》の長官。天皇のかたわらに侍して太政官との連絡にあたるほか、後宮全体を取り締まる女官長のような役である。時代が下ると尚侍が天皇の侍妾となるケースも出てくるが、満子の場合は令に定められたとおりの、内侍司の長官としてのそれである。

満子の尚侍就任は、前任者藤原淑子の死去のあとを襲ってのものであった。淑子は摂関家基経の異母妹、宇多天皇即位のとき懸命の奔走をした人として知られている。宇多朝以来尚侍の任にあったが、延喜六年（九〇六）に歿した。その後任に高藤の娘満子が選ばれたのは、「寛平御遺誡」にあった「定国朝臣の姉妹近親」という示唆によってのことであったはずである。満子は前任者淑子のような政治的動きなどすることなく、本来の役職どおりの「後庭」管理者としての任をつとめ、その方面で次第に重きをなしていった。

醍醐天皇もまた外叔母にあたる尚侍満子の存在を重んじ、延喜十三年（九一三）十月十四日には内裏において満子四十算を賀して宴を催している（113頁）。実はその前日には内裏で菊合が催されたのだが、これも満子への賜賀と関連するものであった可能性が高い。

外戚としての経験も実績もなかった高藤家の人々にとって、とりわけ定国亡きあとを継いだ定方にとって、同母妹満子がこのように尚侍として「後庭」に重きをなしていてくれたことは、なによりも心強いことであったに違いない。また兼輔にとって満子は三歳年長の従姉。長年内蔵助として内廷財務をあずかる立場であったことからすれば、尚侍満子は職務上しばしばかかわりを持たねばならぬ人であったはずである。そこで共有されている年数の長さを見るとき、両者のあいだにはおそらく深い連携関係が成り立っていたと考えてよいだろう。

満子四十算への賜宴のあった延喜十三年（九一三）という年は、正月に定方が参議第七席から六人を超えて中納言へ昇進した年である。同時に、参議末席にあった左大弁清貫もまた従三位にあがり、六人を超えて権中納言となっている。先に述べたとおり（41頁）、清貫は尚侍満子の夫ではなかったかと思われる人である。

また満子への賜賀より少し前の十月八日、定方の娘能子が女御宣下を受けている。ということは、それよりさほど遠くない以前に、能子の入内があったということである。このころの醍醐後宮にはすでに多くの后妃たちがあり、なによりも摂関家より出た女御穏子がすでに崇象親王（のちに保明親王と改名）を生み、これが皇太子とされている。外戚家定方の娘能子の入内がここまで遅れているのは、ひとえに能子のよわいがそれに到らなかったためであるが、それでも定方が、ここまで遅れてもなお娘を入内させたのは、それが外戚家としてあるべき帝後見のかたちというものだ、と考えたからであろう。この家の人々にあったのは、終始天皇生母の家としての責任、ということだけであった。

このような外戚家であったから、忠平としても定方に対してむやみな警戒心や猜疑心は持つ必要がなかった。この時期の摂関家にとって外戚家は、なんら脅威となるものではなかった。ただしその代り、天皇の私的身辺や内廷方面のことに関しては、口も手も出さなかった。と言うより、摂関家には口も手も出す余地がなかったのではないか。

醍醐朝において摂関家と外戚家は、見事にその世界を棲み分けている。距離を詰めた親和もない代りに、とげとげしい抗争もない。もちろんかれらの心底深くどのような感情があったかまでは知り得ないが、少なくとも表面上は、かれらはなにごともなくそれぞれの持ち場に納まっている。醍醐朝忠平の時代の政権周辺が穏やかであったのは、ひとつには、こうした両家の静かな棲み分けがあったからだと思われる。

兼輔は、このような時代のこのような外戚家に連なる要員のひとりとして醍醐朝廷に仕えた。かれの職歴が内蔵寮および蔵人所という、天皇家家司的な部署にあるのはゆえなしとしない。人材かならずしも豊かとは言えなかった外戚家にとって、兼輔はまことに頼むに足る身内の人であったわけである。まちがいのない内廷の臣。壮年期の兼輔にあるのは、そうした安定のイメージである。

公卿に列す

参議就任

延喜二十一年（九二一）正月三十日、兼輔は参議に任ぜられて台閣の一員となった。四十五歳の年である。

参議以上、中納言・大納言・左右大臣を総称して公卿と言う。太政官最上層にあって国政にあたる最高幹部である。公卿定員は、はじめ左右大臣が各一名、大納言は四名であったが、令外官として中納言三名が置かれたとき二名を減じた。参議も令外官としてあとから設けられた官で、これは「八座」の名があるとおり八名のものである。以上のほかに太政大臣と内大臣があったが、どちらも常置のものではない。奈良時代以来、実際の台閣は定員を満たさぬ場合が多く、およそ十数名の公卿でもって運営されてきており、醍醐朝のころもほぼその規模である。

兼輔が参議となった延喜二十一年（九二一）の台閣人事では、大きな異動があった。まず左大臣位は延喜九年（九〇九）の時平の死以来空位のままである。首班は右大臣忠平、これに次ぐ大納言は定方と、この二人の位置は動かないが、いまひとりの大納言として、中納言筆頭にあった清貫が上った。この人は41頁で述べたとおり定方に近かった人である。この結果中納言位は、忠平の兄にあたる仲平ひとりとなったので、源当時と橘澄清が参議から上げられた。また故時平の長子保忠も三十二歳の若さで参議から権中納言へ上っている。ただしこのうちの源当時は七十五歳と台閣最高齢であり、昇任の五か月後に薨じた。かくして参議位に残ったのは、北家の恒佐と、南家の玄上と、嵯峨源氏の源悦の三人だけとなった。そこで参議の欠を補うべく、恒佐の異母兄邦基と、定方の従弟にして女婿でもあった兼輔が起用されたのであった。

和田英松著・所功校訂『新訂官職要解』（講談社学術文庫　一九八三年）によると、参議に任用されるには、次の七つの条件のうちどれか一つを満たさねばならなかったという。七つの条件とは、蔵人頭か、左右大弁か、近衛の中将か、左中弁か、式部大輔かの五官のうちのどれかをつとめること、または五か国の国司を無事につとめあげること、あるいは位階が三位であること、であるという。このうち蔵人頭や式部大輔などは、この時代においてすでにそれに到り得る家柄がほぼ限定されていたから、たれでもが努力だけによって満たし得る条件というわけではなかった。五か国の国司というのも、そうたやすくクリアできる条件ではない。

兼輔は、醍醐朝外戚家縁辺の人ではあり、長く内蔵寮につとめて内廷のことに明るく、なによりも蔵人頭四年、中将二年というキャリアを持っている。かれに台閣入りの将来があることは、充分に予想されていたことであったろう。この時期においての参議補任は、むしろ当然のことであったと言ってよい。

参議となった兼輔は、左中将を元のごとくに兼ね、いわゆる「宰相中将」と呼ばれる身となり、翌延喜二十二年（九二二）の正月に従四位上へ進んだ。なお、その翌年の正月には異母兄兼茂が参議となったが、二月中風に倒れ、三月に卒去している。兼茂は叙爵のころまでは兼輔より先を進んでいたのに、その後は弟に先を越されるようになっていた。

延喜二十三年（九二三・閏四月に延長と改元）は、三月に皇太子保明親王が突然薨ずるという変事のあった年でもある。保明親王は、摂関家から出た女御穏子が生んだ醍醐天皇第二皇子で、延喜四年（九〇四）に二歳という稚なさで皇太子に立てられた。それから十九年、そのあいだに時平は世を去ったが、政権はそのまま忠平に引き継がれ、保明親王には時平女が配されて慶頼王・凞子女王という二王子女も生まれている。摂関家が外戚の座にもどるのは時間の問題、というところまで来ていた。その矢先の皇太子保明親王の急逝である。日本紀略によれば、病を発してその日のうちに薨じたもののようである。天下庶人みな悲泣し、筑紫にて憤死した道真の宿忿のなせるわざだと世を挙げて言い合った、と日本紀略は記している。

政府は保明親王の遺子で三歳の慶頼王を立てて皇太子とし、皇太子傅には大納言定方を、春宮大夫には中納言保忠を任じた。故大宰権帥菅原朝臣については、本官右大臣位に復し、正二位を追贈するという宥和の策を講じた。さらに閏四月十一日、延喜二十三年を延長元年とするという改元の詔を発した。そしてこれらのさわぎのあとの七月二十四日、女御穏子は二人目の皇子を生む。醍醐第十一皇子寛明親王、のちの朱雀天皇である。

明けて延長二年（九二四）正月、右大臣忠平が久しく空位であった左大臣位に上り、大納言定方がそのあとの右大臣位に就いて、摂関家と外戚家が廟堂において並び立つという形が整った。その年は醍醐天皇四十算の年にもあたっており、正月二十五日、宇多法皇主催の算賀があり、百官に宴を賜わった。

しかしその翌年の延長三年（九二五）の六月、醍醐天皇は疱瘡を病み、その直後皇太子慶頼王が職曹司にて薨じた。五歳である。慶頼王も疱瘡であったのかどうかはわからないが、これも前皇太子保明親王と同様、にわかのことであったようである。十月、第十一皇子寛明親王が皇太子とされ、左大臣忠平自身が皇太子傅、参議邦基が春宮大夫に就任した。

兼輔が参議となってから五年ばかり、それは兼輔の四十代後半にあたる。この時期、摂関家と外戚家の関係は落着いていたが、ただ皇太子二人が相次いで亡くなるという変事の影響は大きかった。たれもが、菅帥の怨念ということを思わざるを得なかったようである。道真の怨霊は忠平の一統には祟らなかったようだが、それでも寛明親王は、出生以来御殿の御格子もあげず、御帳のうちに隠しこめられ、夜昼火をともして育てられたという。やはり延長年間に入ってからの醍醐朝廷は、道真の亡霊に脅えてみずからおとろえていったようなところがある。

元来外戚家は、道真の怨霊とは無関係のところにいたはずなのだが、醍醐天皇の私生活面を後見する位置にいたという点で、それは外戚家にも重くのしかかってくる重圧であったと思われる。

延長年間、殊にその末期において、定方はその重圧と直接向き合うことになる。兼輔はその外戚家に連なる公卿のひとりとして、定方を支えなければならない立場にいた。この時期定方に近い公卿として大納言清貫がいたが、血縁の上で、また女婿として、兼輔の方がより定方に近い立場であった。

桑子入内

はっきりと年次をあげて言うことはできないのだが、おそらく延喜末年のころに、兼輔は娘桑子を醍醐後宮に入れている。工藤重矩「藤原兼輔伝考㈢」（語文研究　第三十六号）に言われているとおり、桑子は兼輔と定方女とのあいだに出生した娘であったと考えられる。従って定方にとっては外孫にあたるわけで、それゆえ入内があり得たのだとする工藤氏の見解には肯くことができる。ただし現存する諸史料からは桑子に女御宣下があったことは確認できず、更衣の身分にとどまったもののようである。

桑子の入内を延喜末年のころと見なすのは、以下のような理由に拠ってである。

延長八年（九三〇）九月、醍醐天皇は崩御の際に、桑子所生の皇子とほか二皇女に親王・内親王宣下を行なっている（81頁）。桑子所生の皇子は章明親王といい、このとき七歳である。ここから逆算すればこの皇子の出生は延長二年（九二四）であり、ということはそれより少なくとも一年以上前に桑子の入内があったはずである。

入内時の桑子の年齢は正確にはわからないが、おそらくまだ十代のうちであったと思われる。兼輔が定方より四歳年下であったことを考えれば、兼輔と定方女とのあいだにはかなりの年齢差があったはずで、その婚姻はどうしても兼輔の三十代以降になるであろう。これは、大和物語が兼輔の内蔵助時代のことであったと伝えていることとも符合する。とすれば、そこで生まれた桑子が入内し得る年齢となるのは、兼輔の四十代半ば以降、すなわち延喜末年のあたりということにならざるを得ない。

以上はごくおおまかな推定ではあるが、桑子の入内は、早くても兼輔が参議となった延喜二十一年（九二一）のあたり、若しくはそれ以降延長初年までのどこか、と見てまちがいあるまい。つまり桑子の入内は、兼輔が参議になってからのことのようである。ただし、娘を入内させたのは参議になったからだと言うつもりはない。桑子入内の時期は、なによりも桑子の年齢という面から考えなければならないことである。そして兼輔が桑子を醍醐後宮へ入れたのは、外戚家に連なる者としての帝への「うしろみ」の範疇に属することであった、と私は考える。

醍醐天皇は後宮のにぎやかな帝である。それはひとつには、三十三年という在位年数の長さによるところが大きい。まず即位のとき、宇多天皇の同母妹——醍醐天皇には叔母にあたる——為子内親王が正妃として配されたが、この人は第一皇女勧子内親王を生んですぐ亡くなった。また摂関家の時平は、宇多天皇やその生母班子女王の反対をかいくぐってわが妹穏子を醍醐後宮へ送りこんだ。穏子は延喜三年（九〇三）に保明親王を生み、翌年二月これが皇太子とされた。すなわちすでに延喜年間初期の段階で、醍醐後宮における摂関家の優位は定まっていた。

外戚家から出た妃としては、定国の娘和香子が延喜三年（九〇三）に女御宣下を受けている（一代要記）が、この人は皇子女をあげなかった。定方の娘能子も延喜十三年（九一三）に女御とされている（日本紀略）が、これもやはり皇子女をなさなかった。能子の入内が遅れているのは、ひとえに年齢の上でそうならざるを得なかったものであるが、それにしても和香子にも能子にも皇子女が生まれず、外戚家はこの面において摂関家に大きく遅れをとっている。

このほかにも醍醐後宮には、光孝天皇皇女源和子や、光孝皇子源舊鑒の女や、嵯峨源氏源唱の女や、源敏相女、満子女王など王統の女御更衣があって、それぞれに皇子女をあげていた。藤原氏からも早いうちに菅根女淑姫や連永女鮮子の入内があり、のちには伊衡女も後宮に入り、みなそれぞれに皇子女をあげている。

このように、すでに充分ににぎわっている醍醐後宮へ、しかもまだ世づかぬ若さであったろう桑子を入れることは、兼輔にとっては、よろこびの反面さまざまに心づかいせらるるところであったにちがいない。

兼輔集に、次のような一首がある。詞書に「かつらの御息所」とあるのは、桑子のことである。

かつらの御息所の、なにごとにか奏せさせたまひて、かへりごと遅しと恨みたまひければ、かへりごとに

つつむべき程ならなくにほととぎすさつき待つまの名にこそあるらし

歌の意味がとりにくいのだが、詞書に言われている状況と併せて推量すれば、桑子がなにごとかを帝に申し上げ、その返りごとが遅いと恨んで父に訴えたのを、兼輔が宥めた歌かと思われる。歌意がわかりにくくなっているのは、事情が事情ゆえ当人たちだけに通じる言い方をしているからではなかろうか。できごとの仔細はよくわからないものの、この歌の向うには、まだ後宮に馴れぬ年若い后妃と、それを気づかいながら見守る父の姿とが、見えるような気がする。

また後撰集雑一の部には、次のような兼輔の姿も見られる。

太政大臣の、左大将にてすまひのかへりあるじし侍りける日、中将にてまかりて、こと終りてこれかれまかりあかれけるに、やむごとなき人二三人ばかりとどめて、まらうどあるじ酒あまたたびののち、酔にのりて子どものうへなど申しけるついでに

兼輔朝臣

人の親のこころは闇にあらねども子を思ふ道にまどひぬるかな

子ゆえのこころの闇。今日なおいろいろのところで引用されて、周知度の高い歌である。ある年、七月の相撲《すまい》の節会のあと太政大臣忠平が「かへりあるじ」と呼ばれた饗応を催し、兼輔もその席に連なった。宴果てて人々が帰って行ったあと、高位の者二、三人がひき留められてなお酒宴がつづいた。一座酔うほどに子どもの話などになって、兼輔がこの歌を詠んだ、というのである。

この世で親となって、子ゆえに心を労することのない者はあるまい。しかしそうしたことは、常は人前ではあまり口にせぬものである。それが、心わかり合った少人数の場で、しかも酒もあって威儀を解いた座で、日ごろの心の底の感懐が思わずこぼれ出た。「こころは闇にあらねども」のどこか託《かこ》つに似た口調、「子を思ふ道にまどひぬるかな」のひと思いに吐露された真情。それは、その席に居合せた人々に共感の声をあげさせたにちがいない。のみならず時を超えて今日まででも、人のこころにしみ入ることばとなっている。

詞書の言うところによると、この一首が詠まれたとき忠平は左大将、兼輔は中将であったという。これに該当する時期を公卿補任などでたしかめると、兼輔が左近衛権中将となったのは延喜十九年（九一九）、このとき忠平はすでに左大将をかけていた。その後兼輔は延長五年（九二七）正月に三位に叙され、参議から五人を超えて権中納言へ進んでいる。従って、忠平が左大将で兼輔が中将という時期は、延喜十九年（九一九）から延長四年（九二六）いっぱいということになる。兼輔の年齢で言えば四十三歳から五十歳のころ。先に見た桑子の入内や章明親王の誕生は、この範囲内にある。

このとき兼輔の言った「子ゆえの闇」が桑子にかかわるものであったかどうか、ほんとうはわからない。尊卑分脈で見れば兼輔には五人の息男があり、みな五位以下で終っているようである。これらの息男たちのことが兼輔の「こころの闇」となることがなかったとは言えまい。それでもこの歌でどうしても桑子が連想されるのは、大和物語四十五段に、この歌をめぐって桑子にかかわる次のような話が語られているからである。

すなわち、兼輔は桑子を入内させた当初、帝が気に入ってくださるかどうか非常に心配し、この「人の親のこころは」の歌を詠んで帝へ奉った、帝はたいそうあわれに思し召され、ご返歌があったのだがそれがどんなお歌であったかは知るすべがない、と大和物語は言っている。

「人の親のこころは闇にあらねども」の一首についての後撰集と大和物語の相異なる所伝。そのどちらが事実を伝えているのか根拠を示して言うことはできない。ただ、歌のことばの印象などからすれば、後撰集の所伝の方があり得たことのように思われる。この歌には、歌を詠もうという意識で詠んだというより、日ごろの心の奥の思いが酔いのまぎれに思わず口をついて出た、という感じがある。帝への献上歌ならばいますこし歌のたたずまいが異なり、修辞にも工夫が見られるはずではなかろうか。いずれにしてもこの歌の向うには、后妃の親として心をくだく兼輔の姿が見えるように思われる。

言い添えておけば、日本紀略延喜二十一年（九二一）五月二十三日条には、「女御□□□□卒。号楓御休息所。」との記事があり、頭註に「塙先生曰」として、この空欠四文字の中は「藤原桑子」、すなわち中納言兼輔女のことである、との註記が見られる。しかしすでに見てきたとおり桑子は延長二年（九二四）に章明親王を生むのだから、延喜二十一年（九二一）に卒するということはあり得ない。従って日本紀略にある「楓御休息所」は、桑子ではないだろう。

桑子が章明親王を生んだ延長二年（九二四）のころの兼輔の身辺を見ておこう。その前年正月には、異母兄兼茂が参議に任ぜられながら二か月後に中風で急死している。その直後皇太子保明親王の死があり、道真の怨霊の祟りが言われて世上騒然となった。政府は道真を本官右大臣に復し、保明親王の子慶頼王を皇太子に立てるなど対応に追われた。このさわぎの中で中宮穏子は第十一皇子寛明親王（のちの朱雀天皇）を生む。明けて延長二年（九二四）、台閣は忠平が左大臣、定方が右大臣となった。参議兼輔の娘桑子が醍醐天皇第十三皇子を生むのは、このような情勢の下であった。

当時の社会慣習を考えるとき、その皇子の養育に関しては外祖父兼輔の関与が少なくなかったはずである。しかしその痕跡は諸記録や和歌などのどこにも残っていないから、ここでそれを言うことはできない。この桑子所生の章明親王は一条朝まで存生して、二品弾正尹として正暦元年（九九〇）に六十七歳で薨去している。

妻の死

桑子の入内について述べたならば、兼輔の私的身辺という意味で妻の死にも言及したいのだが、それをこの位置で言うことにはためらいがないわけではない。

兼輔集には、妻を喪ったとき詠んだという歌一首があり、後撰集哀傷歌の部にも、それと関連すると思われる二首が見出される。しかしそれらの歌の詞書で「女《め》」と呼ばれている女性がどの妻のことであったかはたしかにはわからず、なによりもその人の死が年次の上でいつのことであったか、特定することができないからである。ただ、それはあまり若いころのことではなかったように思われるので、兼輔中年のころを見てきたこの位置で述べることにした。

兼輔集にある一首とは、次のようなものである。

　　女《め》をなくして家にかへりて、かの住みしところを見て
　立ち寄らむ岸も知られずうつせ貝むなしき床の波のさわぎに

詞書に「家にかへりて、かの住みしところを見て」とあるところから、亡くなった「女」とは同居していた妻のことであった、とわかる。寺かどこかでのちのわざなどを終えて自邸に帰ってきたときの詠であろう。妻と共に暮してきたあとを見て、改めて「むなしき床」となったことを思

い知った、いまやわたしは殻ばかりとなった「うつせ貝」、こころには大きな空虚ができてしまってこの身の立ち寄るべき岸もない、と歎いている。すべもなき不在の前でただ手を垂れてたたずむばかり。ここから感じ取れるのは、その人が兼輔にとってどれほど深くかつ長くなじみ合ってきた伴侶であったか、ということである。この一首は、後代の玉葉集に撰入されている。

また後撰集哀傷歌の部には、次のような一首が見られる。

女《め》のみまかりてのち、住み侍りけるところのかべに、かの侍りけるとき書きつけて侍りける手を見侍りて　兼輔朝臣

ねぬ夢にむかしのかべを見つるよりうつつにものぞ悲しかりける

これは、先の兼輔集の歌よりもいくらか日数が経ってからのものであろうか。妻の居室に生前の手跡を見つけて、またあらたに涙にくれる兼輔がここにいる。

人の死後、それとかかわりなく過ぎてゆく日常の中にいて、そこにいるはずの人がもういないということに、生き残った者はなかなか馴れることができない。愁傷とか追慕とかいう情よりもうひとつ前の、すべもなき喪失感。いや、喪失感そのものの受け入れ難さ。生き残った者のこころや体は、まだありありとその人の存在を知覚しているのである。「ねぬ夢」とは、生者の身や心に残るリアルなその感覚と、それなのにその人がこの世のどこにもいないという事実との、ギャップの大きさが言わせていることばだ。この手を書いた人が今生もはやどこにもいないという

のならば、いまわが身に保たれているこの知覚はなんであるというのか、いねぬに見る夢か、それにしては覚めようのない夢ではないかと、この歌を詠んだときの兼輔は、妻の死という事実の前で、ただ茫然と立ちつくしている。おそらくこの妻は、長く同居していた人であったろうと思われる。

右の歌についてひとつ註しておけば、詞書に「かべ」とあるのは、現代の建築物における「壁」と同義ではない。当時の住居に使用されていた几帳・衝立などの屏障具のことである。また「書きつけて侍りける」とあるのも、それにじかに書きつけたというのではなくて、紙などに書いて「かべ」に張り出したということである。これと同様の例は、たとえば大和物語冒頭の段、宇多天皇退位のところにも、

弘徽殿のかべに伊勢の御の書きつけける、

とあって、こうしたことは当時習慣としてあったことのようである。

兼輔の妻として確実にその身元の知られるのは、桑子を生んだ定方女のみであるが、前節（55頁）で述べたとおり、この人と兼輔とのあいだにはかなりの年齢差があったと思われ、その婚姻も兼輔三十代以降のことと推測される。従ってそれ以前に、ひとり乃至複数の妻は当然あったはずで、兼輔集や後撰集にその死の詠まれている妻は、そうした早くからの妻であったろう。少なくともそれは定方女ではない、という気がする。

兼輔集は比較的恋歌の多い集で、それで見るかぎり、兼輔は女性とのつきあいのにぎやかであった人のように見え、敢えて言えばそれで手こずった面もあったように見える。ただし兼輔集の中では、相手の人物が判明しているケースは少なく、ただ「人」とか「女」とか言われている場合が多い。それらの中には同一人である場合もあり得るはずだが、どれがそれであるかの見きわめはつけにくい。尊卑分脈で見ても、兼輔の子どもたちには生母についての記載がなく、ここからも妻たちのことを知る手がかりは得られない。後撰集恋二の部には「きよただが母」という人から兼輔へ届けられた歌があり、これは兼輔二男清正の生母と見られるが、その人についてはなにもわからない。またこの人のほかにどんな妻があったかも、具体的にはわからない。

ただ、兼輔集や後撰集にある歌のようすから受ける印象で言えば、兼輔は女性とのつきあいがにぎやかであったように見えながら、本妻というような立場の人は早くから定まっていたのではないか、という感じがある。兼輔集や後撰集哀傷歌の部にその死が詠まれているのは、その人だったのではなかろうか。

兼輔集には、こんな歌も見られる。

　　つねに添へる女、四日ばかり外にて

斧の柄も朽ちやしぬらむ逢ふことの夜々経ることの久しと思へば

「つねに添へる女」すなわちいつも身近に同居している妻が、なにかのことで四日ばかり留守したとき、帰りの待ち遠しさを実に率直に詠んだ歌である。わずか四日ほどのその人の不在が、斧の柄も朽ちるかと思うほど久しいものに感じられると、晉の王質の故事など引いて詠んでいるあたり、兼輔にとってその人は、常に身近にいるのがあたりまえの、定まれる妻であったのだろう。

また後撰集恋六の部には、こんな場面がある。

女の恨むることありて親のもとにまかり渡りて侍りけるに、雪の深く降りて侍りければ、あしたに女の迎へに車つかはしける

消息に加へてつかはしける　　兼輔朝臣

白雪のけさは積れる思ひかな逢はでふる夜のほども経なくに

かへし　　よみ人しらず

白雪の積る思ひも頼まれず春よりのちはあらじと思へば

妻がなにごとかを恨んで親の家へ帰ってしまった夜、雪が降って深く積った。翌朝兼輔は迎えの車を出して、もちろんそれに歌も持たせた。

逢わぬ夜が幾夜もつづいたというわけでもないのに、けさはこの雪のように深く積る思いがありますよ。

と言っている。

千年むかしの貴族社会にも夫を恨んで親の家へ帰る妻があった、というのはひとつの発見だが、

男が折からの雪にこと寄せて迎えの車をやり、揉めたいきさつなど一切なかったかのように積る思いを歌で言いやるあたり、さすがにおとなの対応、こうした場合の収め方の極意というものであろう。それゆえ女の方も、

雪のように積る思いなどとおっしゃいましても、雪は春になれば消えてしまうもの、あてにはできません。

などと、口ではまだ逆らいながらも、これで機嫌を直して帰ることができるのである。いかにも後撰集らしい場面、そしてどこやら兼輔にはよく似合う話だ。

ただし右の「白雪のけさは積れる思ひかな」の歌は、兼輔集では、

女のもとより出でてほどもなく雪のいたう降りければ

という詞書になっていて、妻の家出さわぎなどとは関係のない歌になっており、女からの返歌もない。しかし歌というものの詠まれる場を考えるとき、「けさは積れる思ひかな」に対して「積る思ひも頼まれず」と応じたやりとりの方が、自然なように思われる。また初句を「白雪の」と揃えているところも、呼応の体をなしている。つまり後撰集の伝える詠歌事情の方が、歌としての整合性が感じられる。そして、この「親のもと」にまかり帰った女性も、同居していた本妻であったのではなかろうか。

ともあれ兼輔には、同居して長く馴れ親しんできた妻があったが、その人は先立ってこの世を

去った。馴れ親しんできた歳月が長ければ長いほど、あとにおくれた者の悲しみは深い。後撰集哀傷歌の部の最後には、次のような場面が残っている。

女《め》のみまかりての年の師走のつごもりの日、ふること言ひ侍りけるに　　兼輔朝臣

亡き人の共にし帰る年ならば暮れゆくけふはうれしからまし

かへし　　貫　之

恋ふるまに年の暮れなば亡き人の別れやいとど遠くなりなむ

悲しみのうちにその年は暮れ、師走つごもりの日となった。兼輔は家人《けにん》貫之を相手に、また亡き妻の思い出話をしている。

立ち返る年と共に亡くなった人が帰ってきてくれるものならば、年の暮れゆくきょうの日もうれしいのだが。

と、兼輔の歌には、こころのおとろえがそのままにじみ出ている。なにごとにつけても想い出されるのはその人のこと。沈みきった姿が目に見えるような歌だ。貫之の返歌も、

こうして恋い慕ううちにも年が暮れましたならば、亡き北の方とのお別れもまたいっそう遠いものになりましょう。

と、心を添わせるように詠まれている。語れども、聞けども尽きぬ思い出。その場のしみじみと

した雰囲気までが伝わってくるような贈答である。

兼輔集はこのやりとりを収めていないが、貫之集には、

兼輔の中将の女《め》うせにける年の師走のつごもりに、到りてものがたりするついでに、むかしを恋ひしのびたまふによめる

と詞書して、「恋ふるまに」の貫之の歌だけが収められている。貫之集のこの詞書には、年末に主家へ参上し、あるじの話相手をつとめながらいたわりの心で対している従者の心情が、いっそうよく表われている。故人は貫之にとっても、長年仕え馴れてきた女あるじであったはずである。

この貫之集の詞書にある「兼輔の中将」がそのときの兼輔の官名を正しく伝えているとすれば、兼輔が左近衛権中将であったのは、蔵人頭時代の延喜十九年（九一九）四十三歳の年から参議時代の延長五年（九二七）五十一歳の正月までであるから、この妻の死もこの期間のどこかであったことになる。ただしこれを補強できるような傍証は得られない。

醍醐朝終る

堤の中納言

延長五年（九二七）正月、兼輔は従三位に叙せられ、権中納言に任ぜられた。五十一歳。参議第六席から五人を超えての昇任である。中将九年の労による、と公卿補任には記されている。たしかに兼輔の左近衛権中将在任は、延喜十九年（九一九）以来すでに九年目にさしかかるところであった。

この年の公卿人事では兼輔以外にも異動があって、摂関家の仲平が中納言から大納言へ上り、権中納言位にあった恒佐が中納言となり、新たに桓武平氏の平伊望と、宇多上皇院司の橘公頼とが参議に就任した。この公頼は、宇多天皇即位直後の阿衡の紛議のとき、基経によって仮借なき攻撃を受けた参議橘広相の六男である。広相は紛議後不遇のうちに歿したが、それから約四十年、ここで広相の遺子の台閣入りがあり得たことに、歳月の推移を思わずにはいられない。

このような異動があったことによって、権中納言以上の顔ぶれは、大納言清貫を除けば、みな藤原氏北家の人々ばかりとなった。ただこの清貫は、くり返し言うとおり右大臣定方に近かった人である（41頁）。そこでこの年の台閣上層部は、摂関家系に左大臣忠平、大納言仲平、中納言保忠が居り、外戚家系に右大臣定方、大納言清貫、権中納言兼輔が居て、両系きれいに棲み分ける形となった。

もちろんこれは政略として意図的に作り出されたものではなく、おのずからなる時の移りゆきとしてこのような形となったものだが、それだけにいっそう、醍醐朝末期の政権周辺の情勢は、そこからよく見て取ることができる。

いったいに忠平という人は、兄時平と違って、なにごとかをみずから進んで指揮したり、積極的に情勢にはたらきかけて道を開いたりということは、あまりしなかった人のようである。醍醐朝初期の時平には、時として強引と見えるまでの攻めの姿勢があったが、忠平は決して無理をしない。情勢の流れに合わせて対応してゆく。醍醐天皇との距離も強いて詰めようとはせず、帝の私生活面の後見的なことは外戚家に任せきって、口も手も出さない。ただし皇太子保明親王の死やこれにつづく慶頼王の死のときは、ただちに手を打ってぬかりがない。それは摂関家の将来に直接ひびく重大事だからである。しかしその余のことでは、醍醐朝のあいだの忠平はただ時の推移を待っていればよかった。そしてこのような忠平が台閣首班であった期間中、対応に追われなければならないような困難事が世上に発生しなかったことも、この人にとってはこの上なき幸運であったと言わなければならない。

このように穏やかに経過した忠平政権の下で、兼輔は参議から権中納言へと進んだ。もちろんそれは国政を直接左右できるような立場ではなく、兼輔自身にもそうした権力者的イメージはない。兼輔の位置は、終始外戚家の側にあってこれを補強する立場である。それでも長い内蔵寮勤務や蔵人所経験の実績からして、内廷方面のことに関してはかなりの実力ある存在となっていたのではなかろうか。

その上、忠平との関係も良好であったように見受けられる。兼輔集に次のような歌がある。

のりゆみのかへりだちのあるじのところにて

ふるさとの三笠の山は遠けれど声はむかしの疎からなくに

この歌は後撰集雑一の部にもとられていて、そこでの詞書はいますこし詳しくそのときの状況を語っている。すなわち、

兼輔朝臣、宰相中将より中納言になりて又の年、のりゆみのかへりだちのあるじにまかりて、これかれ思ひをのぶるついでに

兼輔朝臣

ふるさとの三笠の山は遠けれど声はむかしの疎からぬかな

歌の第五句に小さな異同があるが、歌意に大きく影響するほどのものではない。兼輔が「宰相中将より中納言に」なったのは延長五年（九二七）であるから、その「又の年」とは翌延長六年（九二八）のこと、つまり右の歌は、延長六年（九二八）の正月に詠まれたものである。

「のりゆみ」とは、毎年正月十八日に、左右の近衛・兵衛の舎人たちを左右に分けて弓射を競

わせた行事。天覧があり、賭物も出される。終了後、勝った方の近衛大将が自邸で饗応を催すことになっていて、これを「かへりだちのあるじ」または「かへりあるじ」と言う。公卿補任で見れば、延長六年（九二八）の左大将は忠平、右大将は定方であるが、この年の「のりゆみ」は左方が勝ったらしく、「かへりだちのあるじ」を催したのは忠平であった。権中納言兼輔もその席に連なり、そこで右の歌を詠んだのであった。

歌は「ふるさとの三笠の山」と詠み出されている。この場合の「三笠の山」とは、近衛府のことである。兼輔と近衛府の関係は長い。三十七歳のとき左近衛少将となり、四十三歳で左近衛権中将へ進み、五十一歳になるまでその任にいた。通算十五年にわたる左近衛府勤務である。しかもその間、左大将はずっと忠平であった。兼輔の近衛府勤務も長いが、そこでの忠平との縁もまた長いのである。

「ふるさとの三笠の山」とは、その長い左近衛府時代をふり返ってのことばであった。いま近衛府を離れて二年、しかしこうして久しぶりに「ふるさと」の人々と同席すれば、むかしのなつかしい声も聞こえて、遠くに離れたような気がしないのだと、「かへりだちのあるじ」を催した忠平と、近衛府旧知の人たちへのあいさつのことば。一座にあがったであろう反応のどよめきまで聞こえてきそうな歌だ。いまでは従三位権中納言としてある人の鷹揚な笑顔。兼輔にはそんな笑顔がよく似合う。

世の人々はこんな兼輔のことを、「堤の中納言」と呼んで親しんだ。これは、兼輔の邸宅が賀茂川堤にあったところから来た呼称である。この時代の人々は、高貴高位の人々を呼ぶのにその邸宅のありかによってした。たとえば基経が「堀川のおとど」、忠平が「小一条のおとど」、定方が「三条の右大臣」などのように。これは女性の場合でも同様で、清和后高子は「二条の后」、陽成上皇妃綏子内親王は「釣殿の宮」と呼ばれている。「堤の中納言」もそうした慣習の中にあった呼称である。

賀茂川堤にあった、とされる兼輔の邸宅は、遺憾ながらそのたしかな位置を知ることができない。その邸宅は兼輔集や三条右大臣集などでは「京極の家」とも呼ばれており、また兼輔は「京極の中納言」と呼ばれることもある。ここから考えると、兼輔の「堤の家」は、東京極の外、おそらく賀茂川西岸堤に臨むところにあったのであろう。ただし東京極と賀茂川のあいだは南北に細長い地域だから、そのうちのどのあたりであったかまでは言うことができない。もっとも、五条以南は京極と川とのあいだに土地の余裕がなくなるから、やはり五条以北であったろうか。いずれにしてもその邸宅は、東京極よりは東、賀茂川よりは西にあったはずである。そこは平安京域外であって、条里制の規制の及ばぬところだから、敷地の広さなどについても推測する手がかりがない。

兼輔はこの「堤の家」を、かなり早くから所有していたようである。貫之集には、「兼輔の兵衛佐」が、父利基の家人であった御春有助の甲斐赴任に際して、「賀茂川のほとり」で餞した、とする記述がある（24頁）。貫之集はそこに登場する人物のそのときの官職を比較的そのとおりに伝えていることが多いので、この場合も「兼輔の兵衛佐」とあるのを信じるとすれば、それは兼輔の三十代はじめのころにあたっている。つまり兼輔は、そのころすでに「賀茂川のほとり」に家を所有していた。それが「堤の家」であったのだろう。兼輔には別に「粟田」にも邸宅があったことが知られているが、おそらくこの「堤の家」の方が早くからのもので、そこが本邸であったのだと思われる。「堤の中納言」あるいは「京極の中納言」という呼称は、その「堤の家」が本邸であったところから出たものであったはずである。

賀茂川堤と言えば水禍のおそれもあり得た場所だが、それだけに、そこに構えられた邸宅は、特に都びとによく知られていたのであろう。「堤の中納言」という呼び方には、別して世人の親近感がこもっているような気がする。

しかし、権中納言になって以後の兼輔は、鷹揚にほほえんでばかりはいられない。そこからの醍醐朝は、なだれ打って終末へと向かうのである。しかも同時に、それは兼輔自身にとっても最晩年のはじまりであった。

兼輔が権中納言となって四年目、延長八年（九三〇）は醍醐朝の終る年、すなわち定方ら外戚家がその座を去る年でもある。

まず二月二十八日、天皇の同母弟二品式部卿敦慶親王が薨じた。親王は定方の同母姉胤子を母として、父帝宇多天皇即位の年に出生している。皇胤紹運録が「号玉光宮」と註記しているように、容姿秀麗の皇子であったらしい。その上琴にも堪能で、後撰集や大和物語に見える親王には、まことに華麗な雰囲気がある。正妃は異母妹にあたる均子内親王であったが、この内親王は数年ならずして亡くなった。その後、均子内親王の生母温子（基経女）の侍女であった伊勢とのかかわりがあり、一女中務が生まれている。また別の異母妹孚子内親王との恋も知られており、さらにほかにも恋の痕跡は少なからず残っている。

しかしこの敦慶親王を、単に恋多き玉光宮とだけ見ることは正確ではない。官は中務卿を経て式部卿であった。中務卿は中国の官名によって「中書王」とも呼ばれる。天皇に陪従して詔勅の宣下や叙位のことなどにかかわる要職である。この時代は四品以上の親王が任ぜられることになっており、親王でそれにあたる人がないときは欠員のままにしたと、和田英松著・所功校訂『新訂官職要解』（講談社学術文庫　一九八三年）にはある。また式部卿は、品位・年齢等の点でもっとも上臈の親王が補任せられる官であった。天皇のすぐ下の同母弟ではあり、醍醐朝における敦慶親王の地位は非常に重かったのである。

定方にとってこの敦慶親王は、醍醐天皇と同じくその生母の家の当主という立場から、つねにねんごろにうしろみしてきた宮であった。当然兼輔にとっても、外戚家につながる者のひとりとして、心から親しんだ宮であったはずである。

親王薨去のとき、兼輔と定方のあいだで取り交わされた歌がある。三条右大臣集にも大和物語にも収載されているが、ここには大和物語から引用しよう。七十一段である。

故式部卿の宮うせたまひけるときは、きさらぎのつごもり、花のさかりになむありける。

堤の中納言のよみたまひける、

咲きにほひ風待つほどの山ざくら人の世よりは久しかりけり

三条の右のおとどの御かへし、

春々の花は散るとも咲きぬべしまた逢ひがたき人の世ぞ憂き

親王薨去は陰暦二月の末、あたかも花の盛りであった。兼輔はその花を見て、堪えかねたような悲しみの思いを定方へ向けて訴える。風待つかのようなこの山ざくらの花も、人の世の命のはかなさに比ぶればまだ久しいものでありましたね、と。このとき親王四十四歳、兼輔五十四歳、定方五十八歳である。年々の花は散ってもまた咲きますが、ふたたび逢ふことかなわなくなった人の世の定めは、悲しいことですと、定方もまたそう答える。日ごろ血縁の情をもってうしろみしてきた親王、しかも自分たちよりはるかに年若いその宮の死を前にして、二人は深い悲しみを頒ち合っている。

兼輔集はこの往復のうち兼輔の歌だけを、

故式部卿の宮うせたまへるころ
いまはとて風待つほどのさくら花人の世よりは久しかりけり

と、初句に少し異同のある形で収めている。

しかしこの兼輔と定方の悲しみも、このあとに来る事態からすれば、まだ序幕のようなものだった。

その年は五月に雨降らず、六月もまた雨降らずして大旱となった。実はこの前年には、八月に大雨が降って七条以南は車馬も通れず、田畑は海のようになって溺死者まで出た。年が変ると疫病がひろがり、そのため天下大赦の詔が出たのであった。ところが夏に入るとうって変って旱天となったので、六月二十六日、公卿たちは殿上において請雨のことを議した。もちろん権中納言兼輔も公卿のひとりとしてその席にいたはずである。

するとその議の最中の午三刻（正午）、愛宕山上に黒雲起ると見るやにわかに大雷鳴して、清涼殿坤《ひつじさる》（西南）の第一柱に落雷、霹靂の神火があがった。殿上にあった者のうち大納言清貫は衣を焼かれ胸が裂けて死亡、左中弁平希世は顔面にやけどを負った。紫宸殿でも死者一名負傷者二名が出た。清貫のなきがらは半蔀で運び出して陽明門外で車に載せ、希世もまた半蔀で修明門外へ運んで車に載せた。かけつけた両家の者の哭泣する声は制すれどもやまなかったと、日本紀略はこれだけのことを叙し来った末に、「自是天皇不豫。」という一文でもってその日の記事を締めくくっている。このとき死亡した大納言清貫は、定方と非常に近い人であったことを想起しておこう。清涼殿への落雷という異常事のみならず、この人のこのような死もまた、定方にとっては大きな衝撃であったに相違ない。そして天皇は、この日から病を発した。

この日のできごとについて日本紀略は、ただそこで起った事実を事実として述べるのみだが、このとき人々が等しく思い起していたのは、八年前の皇太子保明親王の死、およびその二年後の新皇太子慶頼王の死であった。保明親王の死について日本紀略は、世を挙げて菅帥霊魂の宿忿のなせるわざだと言い合った、と記している。そのとき政府朝廷は、道真を本官へもどすなどの宥和策を講じたのであったが、八年後にまたしてもこの内裏直撃の霹雷となった。菅帥の怨念はまだ鎮まっていない、と人々はふるえ上った。天皇の不豫もまた、それを恐怖しての発症であったにちがいない。

七月二日、天皇は清涼殿を避けて常寧殿へ移ったが、十五日咳病を発した。常寧殿では天台阿闍梨五人による五壇御修法が修せられ、一千人の度者も賜わった。右大臣定方は比叡山で金剛般若経一百巻を読経せしめたが、天皇の病状はすこしも好転しない。九月九日の重陽の節も停められた。そして九月二十二日、醍醐天皇は帝位を去り、八歳の皇太子寛明親王がそのあとを嗣いだ。追い詰められた末のような譲位であった。

この時代、遜位の帝は一日も禁中にとどまらぬものとされていた。醍醐上皇も内裏を去って朱雀院へ遷幸しようとしたのだが、もはやそれは叶わず、五日後の二十七日、辛うじて右近衛府大将曹司へと座を移した。

このときの右大将は定方である。定方は、帝の私生活面をうしろみしてきた外戚家の当主として、死に瀕した先帝をわが曹司に迎えた。おそらく定方は、清涼殿落雷により醍醐天皇が病を発して以来、かたときもそのかたわらを離れることなく侍してきたのであろう。修法も読経も、尽せるかぎりのことは尽した。しかし帝の病状はその域をすでに超えていた。さらに言えば譲位のことも、定方の立場ではたやすく受け入れられぬことであったに相違ない。しかし時の傾きはとどめるすべがなかった。このころの定方は、すでに抗すべくもない事態に責め立てられながら、ひとり必死にあがいていたのではなかったか。そこにあったのは、右大臣という立場でもない。右大将という立場でもない。ただ外戚という血のつながりによりする、懸命の尽瘁であったろう。

この右近衛府大将曹司へは、翌二十八日、宇多上皇の臨幸があった。宇多上皇にとっても、この間の推移はもう手の施しようもない事態であった。

二十九日、早朝卯刻（午前六時）、ふたたび宇多上皇の右近衛府への御幸があった。そして未一刻（午後一時）醍醐上皇は右大将曹司にて崩じた。臨終に落髪受戒のことがあったもののようである。そのあと、宇多上皇の還御があった。定方は、醍醐天皇とその治世をば、文字どおり最期のときまで献身的に看取ったのであった。

なお、醍醐上皇崩御のその日、醍醐帝第十三皇子章明を親王とし、第十二皇女靖子と第十六皇女英子を内親王とする、との詔が発せられている。上古、天皇の皇子女がすべて親王・内親王とされた時代もあったが、平安時代に入ってこのころは、すべての皇子女に親王・内親王位が与えられたわけではない。それを与えるかどうかは、生母の后妃としての地位やその出自の尊卑にかかわって、最終的には天皇の意志によって決められるものであった。この日親王宣下を受けた章明親王は中納言兼輔の娘桑子の所生でこのとき七歳。靖子内親王は光孝皇子源舊鑒の娘の所生で十六歳、英子内親王は醍醐天皇の侍読をつとめたことのある参議菅根の娘の所生で十歳である。

この詔の発せられた日はすでに醍醐天皇退位後であるから、正確に言えば、これは朱雀天皇による親王・内親王宣下、ということになる。しかしこれら三皇子女への親王・内親王宣下は、醍醐天皇最後の意志というべきものであったろう。殊に章明親王を生んだ桑子は、兼輔と定方女とのあいだに生まれた娘で、その所生の章明親王は、兼輔だけでなく定方の血をも引いていることになる。醍醐朝において外戚家からは、定国女和香子と定方女能子が入内したのであったが、どちらも皇子女をあげなかった。その意味で章明親王は、外戚家の血を引くただひとりの醍醐皇子だったのである。崩御の日にこの皇子へ親王位を与えたのは、文字どおり醍醐天皇最期の意志であったことになる。

その年十月十日、醍醐天皇は山城国宇治郡の山科山陵に葬られた。現在の京都市伏見区醍醐古道町にある後山科陵がそれである。深く樹木を繁らせた大きな帝陵だ。高藤・定方ら醍醐天皇外戚家の氏寺勧修寺は、この帝陵から西へ一キロほどのところにあって、いまなお帝側に侍するかのごとくである。高藤・定方らの墓もその寺の近くにある。醍醐天皇生母胤子の墓はさらにその西にあって、いまは宮内庁所管の陵墓とされている。

尽きぬ歎き

延長八年（九三〇）六月二十六日の清涼殿落雷は、宮中府中の人々にとって文字どおり青天の霹靂であったが、それから三か月の間の事態の経過もまた、驚愕も狼狽も寄せつけぬほどの急転直下の推移を見せる。天皇の発病はおそらく心因性のものであったと思われるが、それは容易ならぬ重態となってそのまま臨終へとなだれ落ちた。右大将曹司への遷座を迎えた定方や外戚家一統の人々が、どれほどの不安や悲歎の底へつき落されたか、想像するに難くない。もちろん兼輔も、その中のひとりとしてそこにいたはずである。

この時期に、兼輔と定方のあいだで詠み交わされた歌十一首が、兼輔集と三条右大臣集双方に残っており、またその一部は後撰集にも撰入されている。それらには歌のことばに少々異同があったり、歌順にも一部相違があったりするので、ここでは、もっともわかりやすい形に整理されている三条右大臣集からの引用としよう。

まず、醍醐天皇譲位をめぐっての歌のやりとりがある。

延長八年九月、みかど御やまひ重くならせたまひて、御くらゐ去らせたまはむとしけるとき、よみたまへりける

変りなむ代にはいかでかながらへむ思ひやれどもゆかぬこころを

兼輔の中納言、これを聞きて和し侍りける

秋ふかき色変るとも菊の花君がよはひの千代しとまらば

同じころよみたまへりける

色変る萩の下葉の下にのみ秋憂きものと露や置くらむ

最初の歌は、帝の病状悪化で退位やむなしとなったころの定方の歌で、

帝の御代が変るのちまでどうして生き長らえていられよう。どのように思ってみてもご退位は納得できないものを。

と詠まれている。定方の心は、天皇の退位ということを決して受け入れていない。

醍醐天皇外戚家の人々は、故高藤もその子定方も、政治的にはまことに無欲であった。政権欲などまるでないところで、ただ天皇生母の家という立場から、胤子所生の醍醐天皇や敦慶親王をうしろみしてきた。幾度も言うことだが、醍醐朝において外戚家と摂関家の安定した棲み分けがあり得たのは、ひとえに外戚家の人々の分を知って分を守る温順さがあったればこそである。これよりのちの摂関家は、同族の中ですら政権をめぐってすさまじい権力闘争をくり返す。だが醍醐朝にあっては、外戚家と摂関家のあいだにその種の争いは決して生じなかった。外戚家の人々は、帝生母の家であるという矜恃のみに拠って、摂関家の強権体質と向き合っていた、と言っていい。このような外戚家にとって醍醐天皇が帝位を去るということは、その拠って立つ足場が根底から崩れ去るということである。思いやれども、思いやれども「ゆかぬこころ」があるのだと詠んだ定方は、このときどれほどの深い絶望を味わっていたことだろうか。

この定方の歌を聞いて、兼輔は「和して」詠んだ。「和して」とは、それに気持を合わせて、ということである。

秋深くなって菊の色が変っても、帝のおんよわいが千代までとどまってくだされば、と思います。

と。折から秋、菊の季節であった。この時代秋の菊は、盛りのときの色だけでなく咲き古りて色の変るさままでも愛でられた。ここで兼輔が「菊の色が変っても」と言っているのは、譲位によって帝の治世が変っても、ということである。それでもせめて帝のおん命が永らえられるならば、と詠んでいるのは、かえってこのときすでに、それが望むべくもないことであるとわかっていたからではないのか。兼輔のこの歌は、帝の容態がただならぬところまで来ているらしいことを窺わせる。

同時にこの歌は、定方の歌のなすすべもなき絶望の深さには充分に和しきれていない。悲痛な思いを訴える定方の歌の前で、兼輔の歌はいかにも無力である。と言うよりも、このときの定方の「ゆかぬこころ」は、もはやたれのことばをもってしても和しきれるようなものではなかった、ということなのであろう。

三首目の歌は定方のもので、

色変る秋萩の下葉のようなわが身には、たれにも知られることなく、涙の露ばかりが置くのだ。

と、これはもうほとんど独白の体である。事態はもう動きようがない、とわかっていながら、それでもなお諦めきれないこころ。それは、長年血縁の者として帝のうしろみにあたってきた定方にしかわからない、痛恨悲歎の念であったろう。

三条右大臣集には、これにつづいて帝崩御後に定方・兼輔間でやりとりされた歌群がある。

かくてみかど九月二十九日かくれさせたまひけるを歎きて、中納言兼輔のもとに言ひつかはしたまへる

人の世の思ひにかなふものならばわが身は君におくれましやは

はかなくて世に経るよりは山科の宮の草木とならましものを

かへし

山科の宮の草木と君ならばわれもしづくに濡るばかりなり

定方は一首目の歌で、

この命が思うに任せるものであったならば、帝亡きあとにこうして生き残ってなどいるだろうか。いはしない。

と悲しみ、二首目の歌でも、

あるかいもなき身として世にあり経るより、山科のみささぎの草木になってしまいたいものを。

と歎いている。もう生きていてもなんのかいもないわが身なのだと、人は、親や子や配偶者など

かけがえのない人を喪ったとき、こんなことばでしかその悲歎を表わすことができない。深い喪失感、絶望感。なぜ自分だけがここに残っているのだと、みづからを責め世を責め、おとろえた眼で四囲を見まわす。このような悲しみの中にいる人に対して、他者はほとんどなんの力も持ち合わせないのだ。兼輔も、

　山科のみささぎの草木となられましたら、私はその草木のしずくに濡れるばかりです。

と返歌し、こころを尽して定方の悲歎に寄り添おうとするのだが、その兼輔のことばでさえも、定方の愁傷を充分には受け止められないでいるように見える。それは、兼輔のことばが無力だというのではない。定方の喪心がそれほど深いのだ、ということである。

　悲しみのうちに、その年は暮れた。改まる年のはじめに、定方はやはり兼輔へ訴えずにはいられない。

　　あくる年の月の《ママ》一日、同じ人のもとにのたうびつかはしける

いたづらにけふや暮れなむ新しき年のはじめもむかしながらに

　　かへし

泣く涙ふりにし年の衣手は改まれども乾かざりけり

　　なほ堪へぬあまりによみたまへりける

都には見るべき君もなきものを常を思ひて春や来ぬらむ

新しい年の一月一日、定方の歌が、

ただ虚しくこの日も暮れるのでしょうか。新しい年のはじめもむかしのままであるというのに。

と取り残された者の新年の寂しさを言えば、兼輔もまた、

泣く涙で古びた去年の衣手は、年が改まってもやはり乾きません。

と、こころを添わせて返すのだが、それでも定方の思いは慰まない。

都にはもはやわが君もあらせられぬものを、いつもの年と同じだと思って、春は来たのであろうか。

と、時勢の移りゆきに対応できないわが身の寂しさを言わずにはいられないのだ。

さらになお三月の末、定方の兼輔への愁訴はまだ尽きない。

やよひのつごもりがたに、兼輔の中納言のもとにつかはしける

さくら散る春の末にはなりにけりあやめも知らぬながめせしまに

かへし

春深く散りかふ花をかずにてもとりあへぬものは涙なりけり

陰暦三月晩春。さくらも散り過ぎて春もやがて逝こうとするころである。ここまで来ても定方のこころにはまだ長い虚脱が尾を曳いており、すべなきもの思いの晴れるときはない。兼輔の返歌

もまた、とめどない涙にくれている、と答えている。

三条右大臣集に残る以上の十一首は、醍醐天皇退位の九月から翌年三月末まで、およそ半年のあいだに定方・兼輔間でやりとりされた歌である。いつも定方から詠みかけて兼輔がこれに答える形になっている。

語れども語れども語りつくせぬ思い。訴えても訴えても果てることのない恨み。定方にとって、このような形での退位や崩御など、あろうはずのない事態であった。夢のようだ、とよく人は言う。しかし夢は夢であることによってその不条理を人に納得させることができる。だが夢のような現実は夢ではないのであるから、それから覚めることを許さない。定方はその覚めようもない現実の前で、いつまでも歎き、悲しみ、訴えつづける。このときの定方にとって、そのやるかたなき悲歎をそのまま投げかけられる相手は、兼輔以外にはなかったようである。

兼輔はそのような定方のこころに寄り添い、それを受け入れながら悲しみを共にしている。もとより兼輔自身外戚家に連なる一員であり、娘を入内させ一皇子をあげさせている。醍醐朝の終焉は兼輔にとってもひとごとではない。醍醐天皇がその子朱雀天皇へ位を譲ったということは、ただ治世が代ったということではない。朱雀天皇の即位によって摂関家は、ほぼ半世紀ぶりに外戚の座に復帰し、忠平は摂政となった。つまり定方の一統は、それまで唯一の拠りどころであった外戚という立場を明け渡さなければならなかった。醍醐朝においての外戚家と摂関家の棲み分けが摩擦なく行われてきたように、この交替もまた支障なくクールに行われたであろう。旧外戚家は、抗がうひまも逆らう余裕もないままにその座を去らねばならなかった。このことは、右大臣定方のみならず、中納言兼輔にとってもまた、深刻な打撃であったはずである。このときの兼輔は、無傷の立場にいて定方の悲歎を慰めていればよかったわけではない。定方の悲歎がそのまま兼輔の悲歎であったのだ。

しかもこの時期、兼輔の身辺にはいまひとつの喪があった。母の他界である。兼輔集で見れば、それは諒闇と重なってあった、と記されている。

　みかどの御ぶくに親のを重ねてして、貫之が来たりけるによみ
　てやりける
ひとへだに着るはわびしき藤ごろも重なる秋を思ひやらなむ

この歌は貫之集にもあって、そこでは、

　延長八年九月、京極中納言、諒闇のあひだに母のぶくにて
ひとへだに着るはかなしき藤ごろも重ぬる秋を思ひやらなむ
　とよみて、土佐の国にあるあひだに送られたるかへし
藤ごろも重ぬるおもひ思ひやるこころはけふも劣らざりけり

と、兼輔・貫之間で往復した贈答歌として収められている。双方の形を読み比べるとき、兼輔集では貫之が兼輔邸を弔問しているように読めるが、貫之集で見れば土佐の任国にあった貫之の許へ兼輔からの歌が来て、これによって重なる喪を知った貫之が弔慰の歌を返したのだ、と読める。双方が伝える詠歌事情にはくい違いがあって一致しない。

この延長八年（九三〇）という年、貫之は正月に土佐守に任ぜられている。その年の九月ならば、すでに任地に着任していよう。そうなれば、兼輔の母の死のとき貫之が直接兼輔邸を弔問することは困難であろう。兼輔集の所伝には従いにくい。しかしまた、兼輔が母の死を遠国にいる家人《けにん》へわざわざ知らせるだろうか、という気もしないではない。あるいは、なにかの便があった折にそれに托して兼輔の歌が土佐へ届けられ、それに対する返歌が貫之から返された、というようなことであったろうか。いずれにしても土佐から貫之の返歌があったのは兼輔の母の死からかなりのちのことになるはずで、そう思って見れば、「思ひやるこころはけふも劣らざりけり」ということばには、月日経てのちの弔慰か、という感じがあるような気もする。

ともあれ兼輔は、醍醐天皇の退位から崩御という天下大事のさなかに、母との死別という悲しみにも遭っている。このとき兼輔五十四歳。内廷のことに通じた臣として、台閣にある議政官のひとりとして、外戚家特に定方の身近に添うて立つ者として、后妃の父として、そして世を去った母の子として、この時期の兼輔もまた定方に劣らぬほどの心痛悲歎の中にいた。貫之は、その兼輔の立場および心中をよく知る従者であったはずだが、ただこのときは土佐という遠隔の地にいて、都でのできごとを直接に知ることは叶わなかった。

兼輔の母については、尊卑分脈が伴氏の出としているほか、なにごとも知られない。兼輔は、寛平年間、まだ二十代はじめのころに父と死別しているようだが（21頁）、それから約三十年後に母を喪ったことになる。そして、この三年後には、兼輔自身が世を去るのである。

終りの景

定方逝く

延長八年（九三〇）九月二十二日、皇太子寛明親王は病重篤の父帝醍醐天皇より譲りを受けて皇統を嗣いだ。朱雀天皇、八歳である。新帝幼少のため、外叔父にあたる左大臣忠平に摂政の命が下った。忠平は例に従い三たび辞したのちその地位に就いた。ここにおいて摂関家は、光孝朝以来手放していた帝外戚の座を、約五十年ぶりに回復した。

大鏡の伝えるところによれば、朱雀天皇は出生から三年のあいだ、御殿の格子もあげず、昼夜あかりをともした御帳のうちに隠しこめられて育った、という。朱雀天皇出生の年には、皇太子保明親王のにわかの死があり、菅原道真の宿忿のなせるわざだと世上恐怖した。しかも、後継皇太子となった慶頼王もまたその二年後に夭折、道真の怨霊はいよいよ恐れられることになる。このような折、摂関家の娘を母として生まれた寛明親王が、御殿の奥深く隠しこめられて育てられたというのは、無理からぬことであった。道真の死から四半世紀ばかりが経過してもなお、その怨霊はかほどまで恐れられていたのであった。

この寛明親王は、父帝の病状ただならぬ中で帝位を嗣いだ。遜位の父帝はもはや朱雀院への遷幸も叶わぬほどの重態で、辛うじて移った右大将定方の曹司は深い憂色につつまれていたが、その一方で新帝の御座所宣耀殿へは、ただちに剣璽が奉られた。日本紀略によれば、即日蔵人も補任されている。摂政忠平の長子実頼三十一歳が蔵人頭となったのは、受禅から三日目のことである。幼少の新帝を擁して摂関家の態勢づくりは、――当然のことながら――手まわしがよい。実頼の蔵人頭就任から四日目、右大将曹司では先帝が崩じた。このころの定方ら外戚家の人々の悲歎のさまは、前章で見てきたとおりである。しかしそれと同じ時期、新帝の御座所宣耀殿側ではまったく別の状況が進行していた。言い添えておけば、実頼はこの翌年参議となって蔵人頭を去るが、その後任はやはり摂政の息男師輔である。

朱雀天皇の同母弟にあたる村上天皇はそれほど警戒厳重に育てられることはなかった、と大鏡は言っている。朱雀天皇の場合は、その出生のころに保明親王や慶頼王の相次ぐ死があったため、母后の周辺や摂関家が異常に神経質になっていたのである。かようにいみじき折ふし出生された帝であったが、それでももしこの朱雀天皇がお生まれになっていなかったら、その後の摂関家の栄えはあり得なかったのだと、たしかにそれは、大鏡の言うとおりである。忠平は、長いあいだ動かずに待ったことによって、最後の果報を手にしたのであった。

なお、このような譲位や崩御のあった延長八年（九三〇）の十二月、兼輔は権中納言から中納言へ進んでいる。

諒闇のうちに年が改まった。四月、改元のことあって年号は承平となる。その年七月十九日、宇多上皇が仁和寺御室において崩じた。六十五歳。わが子醍醐天皇に先立たれてから約一年後のことである。これで、光孝天皇以来の非摂関家系の帝たちはみな世を去った。その意味でも、時代ははっきりと変ったのである。

さらにそれから一年後、承平二年（九三二）の八月四日、右大臣従二位左近衛大将定方が薨じた。よわい六十である。忠平の貞信公記には、この年七月二十八日条に、右大臣の病が重いので相撲召合のあとの奏楽はとりやめられた、との記述が見られる。ということは、これ以前より定方は病床にあり、それがかなり憂慮される状態になっていた、ということであろう。

延喜の末年、皇太子保明親王急死のあと態勢を立て直した台閣にあって、定方は右大臣位に上り、形の上でもはっきりと左大臣忠平と並び立った。それから約十年。右大臣定方の役割は、結局醍醐朝の終末を外戚家当主として看取ることだけにあった、と言っても過言ではない。

延長八年（九三〇）の清涼殿落雷により、長年協調してきた大納言清貫を喪ったことは、傷手という以上の傷手であったろうが、それからの定方はそれにうちひしがれているいとまはなかった。それと同時に起った醍醐天皇の発病と退位、そして崩御。それは、わずか三か月のうちの急変として定方の上に矢つぎ早に降りかかってきた。懸命の対応のあと気がついてみれば、一切が終っていた。うちのめされた定方がくり返し兼輔へ悲歎を訴えつづけたことは、前章で見てきたとおりである。わが右大将曹司において醍醐天皇の最期を看取ってから二年、おそらく定方にはもはや立ち直る余力はなく、あたかも燃え尽きるようにその生を終ったのであろう。

八月十一日、朝廷は故右大臣に対して従一位を追贈した。兼輔集には、定方薨去にかかわる歌を一首も見出すことができない。ここまで来て定方を喪うことは、中納言兼輔にとってもまた、わが生命が尽きたかのような打撃であったに違いない。

定方の墓は、山科の勧修寺の南、父高藤の墓のある鍋岡山の北麓に、小さな円丘として現存する。いまは墓域の際まで住宅地となり、勧修寺とも車の往来の激しい道路で隔てられているが、この高藤や定方の墓のあたりも、もとは勧修寺の寺域内であったはずである。ついでに言えば、醍醐天皇生母胤子の墓は、高藤・定方の墓から一キロほど西、名神高速路の北側に、宮内庁所管の小野陵としてきれいに整備されている。また高藤の妻で胤子・定方らの母であった列子の墓も、勧修寺の北方に竹やぶに囲まれた小さな墳墓として残っている。

もともとここ山科小野の地は、宇治郡大領宮道弥益の所領であった。その弥益の娘列子が北家良門流の人高藤と婚して胤子・定国・定方・満子らを生んだ。長女胤子は光孝天皇皇子で臣籍に下っていた源定省の妻となり男子をもうけたが、思いがけなくその定省が皇位を嗣いで宇多天皇となり、胤子所生の男子は醍醐天皇となったのであった。勧修寺は、醍醐天皇が亡き母胤子追善のために、定方に命じて山科小野のゆかりの地に建立させた寺である。やがてそれは定方ら一門の氏寺ともなっていった。広い寺域にはいまもなお平安のころのおもかげを残す美しい苑池があって、尚古の士にはなつかしまれている。

高藤家の人々が、天皇外戚となっても分を知り分を守って生きたことは、くり返し言ってきたとおりである。この一門の人々の結びつきは堅く、氏寺勧修寺の周辺に関係者の墓がまとまって現存するところは、藤原氏他流ではあまり例を見ないことである。定方が世を去ってのち、この流の人々は摂関家繁栄の蔭にかくれてしまったかに見えるが、その裔は弁官という手堅い実務能力によって存在を示した。南北朝のころからは勧修寺家を称するようになり、その門流は中世を経て近世末期まで長くつづいてゆく。

兼輔の死

またその年が暮れて、明くれば承平三年（九三三）である。この年の春二月十八日、中納言従三位右衛門督藤原朝臣兼輔がこの世の命を終った。五十七歳。右大臣定方の他界から半年後である。その間の兼輔の動静を知るすべはないが、あたかも定方のあとを追うような死であった。

兼輔は、十代のうちに春宮殿上して敦仁親王に仕え、親王即位後はそのまま非蔵人として君側に侍した。任官してのちは長く内蔵寮をあずかり、蔵人所にも長く属して頭に到り、さらに近衛府勤務も十四年に及ぶ。定方を輔けながら一貫して醍醐天皇側近にあった生涯である。二中歴は、定方をも兼輔をも共に「名臣」としている。

醍醐天皇の崩御後一年にして父帝宇多上皇も崩じた。二年目には定方が逝き、そのあと兼輔も去ってみれば、台閣にはもう醍醐天皇外戚家系の公卿はひとりもいない。かれらは見事なまでに時を知って、静かに舞台を退いて行った。思えば、朱雀朝に入ってからの二年間、あるいは二年半は、定方・兼輔にとってはもはや余生でしかなかったのである。

そのあとは、忠平が摂政左大臣、仲平が右大臣となった。これに次ぐ大納言は故時平の遺子保忠。また、忠平の長子実頼も参議に列して三年目、三十四歳という若さの公卿である。言うまでもなく朱雀天皇も皇太子成明親王も忠平の姉穏子の所生。ここにおいて摂関家は完全に外戚の座に復し、かつその擁護体制を固め終った。それは、すでに世を去った定方や兼輔にとってはもうなんのかかわりもないことではあったが、ただ、外戚の座がこのように穏やかにしかもあざやかに交替したことは、後にも先にもなかったことである。

兼輔の死のとき、貫之は土佐守として任地にいた。あるじの死を貫之は遅れて知ることになったはずである。貫之集に次の歌がある。

同じ中納言うせたまへる年のまたの年のついたちの日、かの中

納言の御いへにたてまつりける
藤ごろもあたらしく立つ年なればふりにし人はなほや恋しき

詞書に「同じ中納言」とあるのは、貫之集の中での歌の排列によるもので、兼輔のことである。「うせたまへる年のまたの年のついたちの日」とは、兼輔が薨じた年の翌年の正月一日、ということである。ということは、承平四年（九三四）の正月一日にあたるわけで、その時期ならば貫之はまだ土佐にいた。かれは都を離れた地で遅れて兼輔の死を知り、年が改まるのを機にこの弔問歌を主家へ届けたもののようである。この歌は、あるじとして仕えたはずの人を「ふりにし人」と呼んだりしていて、主家へのおくやみにしてはややデリカシィに欠くる詠みぶりがあるように感じられるが、当人としては、

喪のうちに新しい年となり、亡くなられた方のことをいっそう恋しく思われることでしょうか。

と、遺族の上を思いやったつもりであったのだろう。

貫之が土佐から帰るのは承平五年（九三五）の二月、兼輔の死からちょうど二年後である。帰京した貫之は、粟田にある兼輔邸を訪れて悲しみの歌を詠んでいるが、それについては後の「兼輔と貫之」の章で述べたい。

尊卑分脈で見れば、兼輔には雅正・清正・守正・庶正・公正と五人の息男がある。母については記載がないので、かれらが同母であったかどうかはわからない。長男雅正と第四男庶正は、父と同じく右大臣定方女を妻としている。定方には娘が十四人もあったから、年長の方のひとりを兼輔が迎え、年下の方の二人を雅正と庶正が迎えたもののようである。こうしたところにも、定方の家と兼輔の家の結びつきの強さが窺われる。

兼輔息男たちの位階官職を見れば、雅正には「周防守・豊前守・刑部大輔・従五下」の註記がある。清正は「紀伊守・従五上」、守正は「修理亮・従五下」、庶正は「左兵衛尉」とのみあって位階註記はない。末子公正にはなんの註記もないところを見れば、早逝しているのかもしれない。従三位中納言兼輔の子息たちにしてはさほど主要な官に就いた者がなく、どちらかと言えば、地方官歴が目立ち、位階も五位止まりであるのが、実は意外である。従四位右近中将利基の裔としては、これがふしぎのない位置であったのか。たまたま高藤一家が外戚の座にあった醍醐朝という世に生まれ合わせた兼輔が、この家の人としては例外的に幸運であったと見るべきなのであろうか、どうだろう。

なお、兼輔の長子雅正は、晩年のころの伊勢と隣り合わせに住み、重陽の日の菊のきせ綿を作ってもらうなどの親交のあったことが、後撰集や伊勢集によって知られる。またこの雅正の孫には、一条天皇の中宮彰子に女房として仕えた紫式部がいることを、言い添えておこう。

日本紀略は、兼輔の娘桑子所生の章明親王の元服を、朱雀朝天慶二年（九三九）閏七月四日としているが、西宮記や貞信公記には八月十四日とあって、その方が正しいらしい。このとき親王十六歳。西宮記によると加冠は右大将実頼、理髪は定方の遺子朝忠であった。村上朝に入って天徳三年（九五九）二月二十二日、章明親王に帯剣が許されている。一条朝の正暦元年（九九〇）九月二十二日、二品弾正尹章明親王は六十七歳で薨じた。それは、兼輔の死から五十七年のちのことである。

歌を詠む廷臣

古今集の中の兼輔

古今集が成立したとされる延喜五年（九〇五）を取ってみれば、兼輔はこの年二十九歳、叙爵してより四年目、内蔵助となって三年目である。

古今集に兼輔の歌は四首入集している。これは、古今集作者で宰相・納言に到った人としては、在原行平と並ぶ四首でもっとも多い。行平が古今集成立時すでに世を去っていた人であることを思えば、このときまだ二十代であった兼輔の四首は、より重く見られるべきであろう。大和物語百三十五段には兼輔のことを歌の「上手なれば」と言っているところがあるが、かれが若いうちから歌をよくしたことはたしかである。

古今集中の兼輔の歌は、離別の部、羈旅の部、恋の部、誹諧歌にそれぞれ一首ずつある。四季の歌がなく、人事的局面での詠ばかりであるのは、この人がいわゆる専門の歌よみでなく、日常人事の場で歌をよくした、ということとの反映であろう。

まず、離別の部の一首を見よう。

大江千古が越へまかりけるむまのはなむけによめる

藤原兼輔朝臣

君が行く越の白山知らねども雪のまにまにあとはたづねむ

越の国へ旅立つことになった大江千古への送別歌である。「越の白山」は、白雪をいただく山として知られていた北陸道の白山のこと。「白山知らねども」と同音をくり返し、「雪のまにまに」に「行きのまにまに」を懸け、「白」や「雪」のイメージさながらに、さわやかにして明るい一首だ。別れを惜しむというより行くを励まして、いかにも若い人の詠んだ壮行歌らしい。

送られる千古は、清和・陽成朝に参議であった大江音人の子、古今集に十首の歌のある大江千里の弟である。生年不明だが、兼輔よりは年長であろう。大和物語七十五段はこの歌の詠まれた事情について、

蔵人にてありける人の加賀守にてくだりけるに、

と語っている。これを信じるとすれば、このとき千古は六位蔵人から叙爵して殿上を退き、巡により地方官に任ぜられたものと見られる。千古が古今集成立以前に蔵人であったことや加賀守に任ぜられたことは、現存他史料では確認できないが、ただここまでの兼輔の官歴から見て、千古とのつきあいは、兼輔の非蔵人時代以来の蔵人所人脈の中にあったものと推測してよいだろう。千古とすればこれは、兼輔が個人として千古へ送った歌ではなくて、蔵人所関係者たちによる送別の場で詠まれた歌であったのかもしれない。

次は、羈旅の部の一首。これは詞書が詳しいわりには、事情によくわからないところのある歌

である。

但馬の国の湯へまかりける時に、ふたみの浦といふところに泊りて、夕さりのかれいひたうべけるに、供にありける人々の歌よみけるついでによめる　藤原兼輔

夕づくよおぼつかなきを玉くしげふたみの浦はあけてこそ見め

詞書に「但馬の国の湯」とあるのは城崎の湯のことであろう、と余材抄は言っているが、この歌で気になるのは、「但馬の国の湯」や「ふたみの浦」が現在のどこであるかということよりも、兼輔がなぜこのとき「但馬の国の湯」へ行ったのか、ということである。

古今集離別の部には、源実という人物が「筑紫の湯」へ行くことになり、友人知人たちが山崎までこれを見送り、いよいよ別れとなったときにやりとりされたという歌が、三首連続して収められているところがある。これについて私は、源実がなにかの病気を患っていて、職員令の定めによる公の許しを得て、治療のため大宰府吹田《すきた》の湯へ行ったのだろうと述べた〈山下道代『古今集人物人事考』〈風間書房　二〇〇〇年〉の中の「源実をめぐる離別歌」〉。また小島憲之・新井栄蔵校注『古今和歌集』〈新日本古典文学大系　岩波書店　一九八九年〉も同歌の脚註において、このときの源実の筑紫の湯行きが、職員令に基づく湯治行であった可能性を指摘している。

とすれば、同じ古今集の中に「但馬の国の湯」へ行ったとある兼輔も、なにかの病気あって公

の許しを得た上での湯治行ではなかったろうか、と思われて仕方がない。右に掲出した歌の詞書によって見れば、このとき兼輔は複数の従者を伴っていたようだが、少なくともこのときの兼輔の旅は、私的な遊山旅行などではなかったはずである。

ただ、源実の場合は、古今集中三首の歌の詞書に語られている状況や他史料による傍証によって、容易ならぬ病気を患っての筑紫行きであったらしいことが推測され、またこの筑紫行きの翌年卒していることも知られるのだが、兼輔のこの歌に関しては、遺憾ながらそうした周辺事情を窺うに足る手がかりがまったくない。それゆえ、兼輔の「但馬の国の湯」行きの事情は、不明とするしかない。

歌は、初・二句で眼前の夕ぐれのほの暗い景を言ったあと、第三句目で「玉くしげ」とすこし目を惹くことばを持ってきた。これはこの「玉くしげ」の回路を通って「ふたみ」という地名へと意識を誘導してゆくためのしかけだ。さらにこの「玉くしげ」「ふた」の流れを受けて、結句の「あけて」では蓋の「開け」に夜の「明け」を懸けてことばのつながりを収めている。「ふたみの浦はあけてこそ見め」には軽い諧謔さえ感じさせて、縁語・懸詞という珍しからぬ技巧を使いながら、実にスマートなことば運びである。

それにこの歌は表情が明るい。病気治療のための旅か、と思わせるようなかげは、どこにもない。古今集成立前ならば兼輔はまだ二十代の若さであるから、仮になにかの病気であったとしても、源実の場合ほど深刻ではなかったということかもしれない。
恋の部に収められているのは、次のような歌である。

題しらず　　　　　　　　　　　　　　　藤原兼輔朝臣

よそにのみ聞かましものを音羽川渡るとなしにみなれ初めけむ

古今集では「題しらず」だが、私家集大成で見ると堤中納言集（部類名家集本）には、

あひ言ひける女の思ひ疎むけしきになりければ

という詞書がついており、中納言兼輔集（書陵部蔵　五〇一・七七）にもほぼ同様の詞書がある。すなわち、それまで親しくつきあっていた女性がなぜかよそよそしくなったので、詠んだ歌だという。歌意は、

こんなことなら、ただ噂に聞くばかりの仲であればよかった。思いの叶うこともなくて、なんであなたに見馴れ初めたりしたのでしょう。

と恨んだものである。ことばの表面だけを見れば、これまでの親しいつきあいを悔いてでもいるかのように聞こえかねないが、本意はそうではなくて、やはり以前のように心を開いて逢ってほしい、ということであろう。独白の歌か相手へ届けた歌か、正確にはわからないが、どちらにしても恋の現場で詠まれた歌、題詠などフィクショナルな場で詠まれたものではなさそうだ。

この歌でも兼輔は、初・二句で現在の心境を端的に述べ、第三句「音羽川」でことばの流れを

切りかえ、あとはその「音羽川」をキイワードとして「渡る」「水馴れ」の縁語を連ねる。その「水馴れ」は「見馴れ」の懸詞でもある。すなわちこの歌は、構造もことばの技法も、先の「ふたみの浦」の歌によく似ている。

これは、兼輔がワンパターンの歌しか詠めない人だったということでは、必ずしもない。歌でものを言おうとすれば、自然にこのようなことばの配置になる、というところのあった人なのであろう。ここまでの三首を見るとき感じるのは、兼輔の歌にはことばの流れに無理がない、身に備わったことば運びで詠んでいる、ということである。たとえば貫之の屏風歌などを見るとき、私たちは実にしばしば強烈なことばの技法の誇示に出合う。それは時として辟易するほどのアピールとして存在する。おそらくそれが、専門の歌よみとしての貫之の自己主張のかたちであったのであろう。しかし兼輔の歌には、その種の技巧の誇示がない。敢えて言えば素人的な詠みぶりである。使われる技巧も縁語・懸詞という当時の一般的な修辞ばかりだ。しかも兼輔の歌にある縁語・懸詞は決して突出しない。作為性がない。おそらくそれがこの人の常のことばづかいなのだろうと思われるような自然さで、それらは歌の中にある。作者の身に備わったことばのセンスのよさを、これらの歌は教えてくれる。

古今集の中の兼輔の歌、以上のようにすっきりと詠まれた三首を読んできたあとで、巻十九雑体の部にある次のような誹諧歌を見ると、すこしおどろかされる。

七月六日たなばたのこころをよみける　藤原兼輔朝臣

いつしかとまたぐこころをはぎにあげて天の川原をけふや渡らむ

七夕前日の牽牛になったつもりで、その気持を詠んだ歌である。翌日まで待ちきれないはやり立った心で、脛まで裾まくりして、きょうのうちにも川渡りしようか、と言っている。第二句にある「またぐ」とは、類聚名義抄に「驀」の字でもって示されている古いことばで、はやりにはやる心を表わす語だという。「はぎにあげて」では、むき出しの脛に水しぶきのあがるさまが見えてくるようだ。この一首は、本来天上の星の恋であったものを、完全に地上の男の感覚でもって詠んでいる。そこが誹諧歌たる所以であったのだろうが。

誹諧歌とは、おおまかに言えば、内容や詠みぶりに滑稽味のある歌のことである。古今集巻十九雑体の部には、五十八首にのぼる誹諧歌が蒐められていて、これはそれだけで優に一巻をなし得るほどの量である。のみならず他の巻々にも、誹諧歌との扱いは受けていないものの、あきらかに誹諧歌風に詠まれた歌が散見される。古今集当時、この傾向の歌はかなり詠まれ、かつおもしろがられていたようだ。ただしそれらの歌の誹諧度は——もちろん個々の歌によって程度や質の差はあるが——総じて穏和なものである。

ところが兼輔のこの歌は、誹諧度が露出しすぎている。脛むき出しで川渡りする牽牛、というのは、戯画的という以上にグロテスクではなかろうか。ここには、承知の上でふざけてみせたという感じがある。兼輔のような歌のセンスのよい人が、なんの必要あって、どのような場でこんな歌を作ったのかと、不審をすら覚える。

それでもこの一首が古今集に入っているということは、当時にあっては、この歌の誹諧度も許容範囲のものであったということである。二十代という若さがさせたたわむれであったか。兼輔という人には、都びとらしいスマートさの蔭に、このような俗に通じた一面もあったということか。そう言えば兼輔集や後撰集に見えるこの人には、上下の階層にわたって広い人脈があったらしいことが窺われるのだが、その人づきあいのよさは、このような雅俗に通じた人柄の幅の広さによるところのものであったのかもしれない。

宮廷行事の場で

醍醐朝における宮廷行事の場で、兼輔が歌を詠んでいる場合を見ておきたい。

まず、延喜十三年（九一三）十月十三日の内裏菊合がある。この年兼輔は三十七歳。従五位上、内蔵助に左少将を兼ね、五位蔵人でもあった。醍醐朝始発時以来の殿上歴は十七年目に入っている。時平の死から四年が経過、台閣では大納言忠平が首班、外戚家の定方はこの年正月に六人を超えて中納言へ進んでいる。忠平・定方の棲み分け体制は徐々にできあがりつつあった。なお、これより五日前の十月八日、定方の長女能子に女御位が与えられている。それより遠くない以前に入内しているのであろう。

平安朝歌合大成㈠によって見ると、この日天皇は殿上侍臣らに菊を一本ずつ献上せしめられ、これを一番（左方）と二番（右方）に分って、花の優劣を競わせる菊合が行われた。結果は、十番組合わせのうち左方が二番勝越した。この間御前にあって仰せごとを伝えるなど会の進行を宰領したのは、中納言左衛門督定方である。この菊合はさほど大きな催しではなかったようで、列席した殿上侍臣の名などわからないが、兼輔は、もちろん菊を献上した「殿上侍臣」のひとりであったはずである。

この菊合の際、和歌も詠進されている。左方からは興風一首、季縄二首、是則四首、右方からは兼輔二首、伊衡一首、貫之一首、躬恒三首。すなわち左右双方から七首ずつであった。これらの作者のうち、このとき殿上を許されていたのは兼輔のみ。伊衡は三年前に六位蔵人から叙爵して殿上をおりているところであった。あとはみな地下卑位の者、ただしいずれも古今集で活躍した専門の歌よみたちであるから、歌の堪能ということで詠進を求められたのであろう。

このときの歌は、菊合の行事に付随して詠進せしめられたものであって、歌合を目的としたものではなかった。従って左右を結番したり勝負の判定を下したりはしていない。そしてこの日詠進された兼輔の歌は、次のような二首である。

けふひきて雲居に移す菊の花天つ星とやあすからは見む
あたらしきものにざりける神無月しぐれふりにし色にはあれど

一首目の「けふひきて雲居に移す菊の花」は、兼輔自身が召しに応じて献上した菊のことを言っているのであろう。下句は、古今集秋下の部にある藤原敏行の歌、

ひさかたの雲の上にて見る菊は天つ星とぞあやまたれける

をふまえていて、応制歌らしい品位を備えている。二首目の歌も、「しぐれ降り」に「古りにし色」を懸け、その「古りにし色」も「あたらしきもの」であったと、やはり折に合わせて神経の行き届いた歌。貫之や躬恒・興風ら専門の歌よみたちに伍して遜色がない。

ところで、この菊合の翌日十月十四日、内裏では醍醐天皇による尚侍満子への四十算賜賀が行われた。尚侍満子は天皇の生母胤子の同母妹、定方にとっても一歳違いの同母妹で、天皇から言えば母方の叔母にあたる。胤子はわが子の登極を見ることなく世を去ったが、満子は尚侍となって長い醍醐朝に仕え通し、天皇や敦慶親王ら亡き姉の遺子たちを蔭から支えた。内蔵寮勤務の長かった兼輔にとっても、従姉という血縁上の近さばかりでなく、内廷関係の職務にかかわって緊密に連携しなければならなかったはずの人である。日本紀略には、この日醍醐天皇は内裏において尚侍に賀を賜い、神筆をもって正三位の位記を賜うた、とある。またこの日の賀宴のようすは、源高明の西宮記に詳しく記録されて残っている。

前日催された内裏菊合は、右に見たとおり小規模かつ内輪のものであったようだが、それはもともとこの日の満子四十算賜賀とつながるものであったと思われる。前日の菊合を定方が宰領していること、この日の賀宴では敦慶親王・敦固親王ら醍醐天皇の同母弟親王たちが箏や琵琶を奏していること、両日を通して外戚家系の人々の名が見えることなどから推して、この二日間の内裏での催しは、公的な性格の行事ではなくて、天皇による私的な催し、すなわち天皇個人の尚侍満子への賜賀にかかわる一連のものであった、と見るべきであろう。

兼輔集には、この賜賀にかかわって詠まれたという屛風歌が残っている。

故尚侍の賀みかどのせさせたまふに、屛風の絵に、雲居に雁の

飛べるところ

白雲の中にまがひてゆく雁も声はかくれぬものにざりける

「雲に雁」という図柄は、そのころの屛風絵によくあったものである。兼輔の歌は、その絵にかりがねの声を詠み添えている。屛風歌の詠みようをわきまえた人の歌である。

兼輔集には、いまひとつ尚侍満子関係の屛風歌がある。

故尚侍の御屛風に

しぐれ降る音はすれどもくれ竹のなど世とともに色も変らぬ

これはいつのものか詞書に言われてはいないが、やはり前歌と同じく満子四十賀の折のものでは

ないか。「竹」を詠み、「色も変らぬ」としたところに、賀のこころがあるように思われる。

さらに兼輔集にある次の一首は、屏風歌ではないが、あきらかに満子四十算賜賀のときのもの。詞書に「菊の賀みかどのせさせたまひける」とあるところを見れば、やはり十三日の菊合と十四日の賜賀は一連のものであったようである。

故尚侍の住みたまひし時、藤壷にて菊の賀みかどのせさせたま
ひけるに

紫のひともと菊はよろづ代を武蔵野にこそ頼むべらなれ

菊に寄せて詠まれているところ、あるいは十三日の菊合のために献上した菊に添えられた歌であったか。古今集雑上の部にある有名古歌、

紫のひともとゆゑに武蔵野の草はみながらあはれとぞ見る

をふまえて詠まれている。古今集のこの一首の影響力は非常に大きく、「紫のひともと」とか「武蔵野の草のゆかり」と言えばもうそれだけで、特に親密な血縁関係を意味するまでになっていた。兼輔もここでその古歌を下に敷いて、自分が外戚家と深くつながる立場の者であることを言っている。

十代での春宮殿上以来、兼輔はつねに外戚家近縁の者として君側に侍してきた。その上定方女との婚姻によってその結びつきはいっそう強くなっている。やがて兼輔の子たちも定方女を妻と

するようになってゆくのである。「武蔵野にこそ頼むべらなれ」は、このときの兼輔の立場からはごく自然に出てきたことばであったに相違ない。同時に兼輔には、自分が外戚家からどれほど必要とされている者であるのかの自覚も、あったはずである。この日の賜賀が外戚家関係者たちを中心とするものであったとすれば、この歌の「武蔵野にこそ頼むべらなれ」のことばは、いっそうその場の人々に共感されたにちがいない。

ここで、兼輔の屏風歌について言っておきたい。

この時代の屏風歌は、たとえば貫之や躬恒や伊勢など、いわば専門の歌よみと目される人々によって詠まれるものであった。事実この尚侍満子の四十賀のとき、貫之も躬恒も伊勢も屏風歌を詠んでいる。その点上級貴族である兼輔がここで屏風歌を詠んでいるのは、この時代にあっては珍しいケースと言わなければならない。しかしこれは、尚侍満子という血縁的に近い人の賀のものであったため、「歌の上手」と言われていた兼輔にも特に依頼があったのであろう。いわば特例とすべきものと思われる。兼輔集にはさらに一首、

屏風に

青柳のまゆにこもれる糸なれば春のくるにぞ色まさりける

という歌があり、春の「来る」に糸を「繰る」をさりげなく懸けて達者だが、これはいつどのような屏風のために詠まれたものかわからない。これら以外に兼輔が屏風歌を詠んだ跡は残ってお

らず、兼輔を貫之らと同じ意味での屏風歌歌人と見ることはできない。

次に兼輔が宮廷行事の場で歌を詠んでいるのは、延喜十七年（九一七）閏十月五日、内裏残菊宴のときである。この年兼輔四十一歳、正五位下。正月に内蔵権頭から内蔵頭に転じ、八月からは蔵人頭をも兼ねている。

兼輔集に、

十月ふたつある年、おまへの菊のえに
神無月ふたつある年しぐれにはひともと菊ぞ色濃かりける

とあるのが、この時の歌と見られる。詞書に「菊のえに」とあるのは、「菊の宴に」のことである。ここでも「ふたつ」と「ひともと」をさりげなく対比させ、神無月に閏月がある年ゆえしぐれも降り添うて菊の色が濃くなると、宴の場をわきまえたおおらかな詠みぶり。これは歌よみとしてのセンスと言うより、宮廷人としてのセンスと言うべきであろう。

この日の宴のことは詳しくは知られないが、三条右大臣集に、

延喜十七年閏十月五日、みかど菊の宴せさせたまひけるに、お
ほんかざして《にカ》たてまつらるるとてよみたまへ《りカ》るける
たがために長き冬までにほふらむ問はば千歳と君は答へよ

という歌があって、この宴の折に中納言定方が菊の挿頭《かざし》を献じていることが知られる。これに対しては帝より、

みかどの御かへし

色深くにほふ菊かなあはれなるをりに折りける花にやあるらむ

と返歌があったと、三条右大臣集に見える。この宮中残菊宴の翌月、兼輔は従四位下にあがっている。

その二年後、延喜十九年（九一九）は、十二月十九日から二十一日まで宮中仏名会が催された。このことは日本紀略にも、

廿一日、御仏名。以御導師雲晴為権律師。

とあって確認できる。仏名とは仏名懺悔とも言い、諸仏の名号を称えることによって罪障を懺悔する行事で、これが宮中行事となったのは仁明天皇の承和年間からと言われている。延喜のころは毎年の恒例行事であったのだが、この年は導師雲晴のことがあったので、日本紀略にも特記されているのであろう。

この日雲晴が権律師に任ぜられた事情は、三条右大臣集に詳しい。

延喜十九年十二月十九日、うちの仏名の御導師にて雲晴法師が

まゐりて侍りけるが、年たけてしづめることを憂へ申しけるを聞こし召して、すなはち権律師になしたびて、その夜御遊びありけるを、召し出だされて侍りけるを、賀して御かざし多《たてカ》くまつられけるついでに、奏したまひける

雪のうちの山のふもとに雲晴れて咲きたる花は散るよしもなし

みると《ママ》、この歌を雲晴に賜はすとてよませたまひける

あぢきなし花を見るとて帰るさに道やまどはむ山の白雪

すなわち、この日宮中仏名会の導師として雲晴法師が参上したが、年たけて位もなく沈淪していることを歎いている、と聞こし召された天皇が、雲晴を権律師に任ぜられた、というのである。権律師とは、僧綱で言えばいちばん下の位であるが、雲晴はこれで官僧の身分になれたわけである。その夜宮中では管絃の遊びがあり、その席で定方は、「雪のうちの」の一首を詠んで雲晴に代ってよろこびのこころを奏上した。「雲晴れて」のところに雲晴の名が詠みこまれているのは言うまでもない。これに対して帝から「あぢきなし」の返歌を賜わった。詞書に「みると《ママ》」とあるのは、「みかど」の誤写と見られる。花を見ても帰りが「山の白雪」では、道にまどうのではありませんかと、にこやかな返しである。もちろんこれは、直接雲晴に対して与えられたものではなく、雲晴に代って詠まれた定方の歌に対しての、返歌である。

このできごとに関しては、兼輔集にも次のように二首の歌がある。

うさうが年久しき御導師つかまつりて、御仏名のあしたに律師
になりけるを見て

あしひきの山のかけはし踏みのぼりけふこそ峯の花はふるめれ

またうさうに代りて、御前に召されて

日の光近きあしたはいただきの霜こそとけて袖ぬらしけれ

両方の詞書に「うさう」とあるのは、雲晴のことである。一首目は雲晴が権律師に任ぜられたのを見て共によろこんだ歌であり、二首目は雲晴に代って感泣のこころを奏上した歌である。

この雲晴法師については、僧綱補任がこのときの権律師補任の事実を記録している以外にはなにごとも知られないが、右の兼輔集の詞書に「年久しき御導師つかまつりて」とあるところを見れば、この年だけでなく以前から宮中仏名会の導師をつとめてきたもののようである。また、この権律師補任にあたって、定方・兼輔が本人に代って感謝の歌を奏っているところからすれば、定方・兼輔とはなんらかの縁故のあった僧のようで、「年久しき御導師」をつとめてきたのもあるいはその縁故によってではなかったか、と思いたくなるが、詳しいことはわからない。日本紀略は延長二年（九二四）年五月二十四日条に、「権律師雲晴卒。」とその死を記録している。

以上、宮中行事の場で廷臣としての兼輔が歌を詠んでいる例を見てきた。和歌資料に拠るもののみであるから、廷臣兼輔の全体像を見るには決して充分とは言えないが、それでも歌をよくする宮廷人という一面や、定方と近いところにいたその立ち位置は見て取れるであろう。醍醐朝における兼輔は、国政をうごかす議政官というよりも、やはり天皇身辺や内廷方面に眼くばりする管理者としてあったように思われる。

勅使として

兼輔集には、兼輔が勅使として仁和寺に赴いたときの歌、という次のような一首がある。

仁和寺のみかどの大内山におはしますに、うちの御つかひにて
参りて
白雲の九重にしも立ちつるは大内山といへばなりけり

仁和寺は、いまも京都市右京区に存続している門跡寺院で、「御室《おむろ》」とも呼ばれている。もとは光孝天皇の御願により起工されたのを、宇多天皇が引き継いで完成させた寺であった。「大内山」とは、いまでは仁和寺裏の山をそう呼んでいるが、ここでは仁和寺をさすことばである。

宇多上皇は譲位の二年後にこの寺で落髪入道し、延喜四年（九〇四）に御室ができてのちはこ

こを常御所とした。右の歌に詠まれている兼輔の仁和寺参向は、おそらくそれ以後、あるいは五位蔵人のころであったたか。兼輔は十代のうちから醍醐天皇の側近にいた人で、宇多上皇との直接のかかわりは多くなかったかもしれないが、この時は醍醐天皇の命を奉じての仁和寺参向である。ただし、勅使としての用向きはなんであったか、わかっていない。

現在の仁和寺周辺はすっかり市街地となっているが、千年むかしのその寺のあたりは、深い山中であった。宇多上皇落髪のとき醍醐天皇が仁和寺へ行幸しようとしたのを、山道が険しくて輦輿の通行が困難であるからと、上皇側で辞退したほどである。兼輔が勅使として赴いたときも、やはり深い山中の寺であったにちがいない。

大和物語三十五段はこのときのことを、

堤の中納言うちの御使にて、大内山に院の帝おはしますに参りたまへり。ものこころ細げにておはします、いとあはれなり。高きところなれば雲は下よりいと多くたちのぼるやうに見えければ、かくなむ、

白雲の九重に立つ峯なれば大内山といふにぞありける

と、より物語化した筆致で語っている。

兼輔集と大和物語では、歌の語句に若干の異同が見られるが、要は白雲が「九重に」立つことを「九重の大内山」に結びつけて、ここも帝のおはします九重の宮の内なのですねと、あいさつ

した歌である。大和物語が言うとおり「ものこころ細げに」おわしましたのであったとすればいっそう、この歌の明るいあいさつのことばは上皇のこころにひびいたに相違ない。景に接して即座に、このようなあいさつを定型の韻文としてつむぎ出せるのは、たしかに「歌の上手」、生得身に備わったことばの能力の持ち主であったということである。

中納言兼輔集（書陵部蔵　五〇一・七七）には、いまひとつ、兼輔が勅使として伊勢斎宮に赴いたときに詠んだ歌、というのがある。

斎宮群行の長奉送使にて、かの宮より京に帰るに、たけの宮は
かの宮の名なり
くれたけのよよのみやこと聞くからに君が千歳はうたがひもあらじ

ここに言われている「斎宮」は、醍醐朝の伊勢斎王であった柔子内親王のことである。宇多天皇の第二皇女、生母は高藤女胤子、すなわち醍醐天皇の同母妹にあたる。兄宮の即位直後の寛平九年（八九七）に斎王に卜定され、昌泰二年（八九九）に伊勢へ群行、天皇退位の延長八年（九三〇）に退下した。在任年数は三十三年。それは醍醐天皇の在位期間にそのまま重なり、天武朝に斎宮制度が確立して以来、歴代斎王の中で最長の在任である。

平安時代、斎王の伊勢での御所を多気《たけ》の宮と言った。その所在地は、現在の三重県多気《たき》郡明和

町にあたる。ただし斎王が代るごとに御所も建て替えられるならわしであったから、宮は一か所とはかぎらず、多気町における斎宮跡地は非常に広い地域にわたっている。私が多気町に行ったのは平成三年（一九九一）のことであったが、斎宮博物館が造られ、斎宮御所跡地の発掘も少しずつ手がつけられているところであった。あれからもう二十年以上が経っているのだから、現地の発掘や整備の状況ははるかに進んでいるにちがいない。

右に掲出した中納言兼輔集の詞書には、このときの兼輔は斎宮群行の長奉送使であった、とある。群行とは、斎王に卜定された皇女が、宮中および野宮にての清斎を終えたのち、いよいよ伊勢へと旅立ってゆくこと。斎王に従うのは斎宮寮の寮頭以下各官司の官人、女官や乳母など併せて数百人にものぼったという。長奉送使とは、このとき勅命を受けて斎王群行に従う官人たちのことである。柔子内親王の群行は先に見たとおり昌泰二年（八九九）であり、となればこのとき兼輔は二十三歳、非蔵人殿上して三年目、讃岐権掾の官にありまだ叙爵していない。群行に従う長奉送使の中では、まだ年若い一員であったことになる。

歌は、長奉送使の役を終えて都へ帰るときに詠まれたもののようである。「多気」という地名に「竹」を懸け、その「竹の節《よ》」から「代々のみやこ」を導き、竹の常緑にこと寄せて「千歳はうたがひもあらじ」と慶賀のこころへとつないでゆくあたり、まことに巧みなことば運び、「歌の上手」の詠みぶりである。ただ、「君が千歳はうたがひもあらじ」はたしかに斎王に向けて言われた奉祝の語ではあるが、この歌が直接斎王へ奉られたものであったかどうかは、右の詞書からだけではわからない。むしろ、長奉送使の一員をつとめた者としての、兼輔の個人的所感詠ではなかったか。

この斎王群行随行の話も大和物語にあって、先の仁和寺参向の段につづく三十六段に、次のように語られている。

伊勢の国にさきの斎宮おはしましけるときに、堤の中納言勅使にてくだりたまひて、
　くれたけのよよのみやこと聞くからに君は千歳のうたがひもなし
おほむ返しは聞かず。かの斎宮のおはしますところは、たけの宮となむいひける。

これで見ると、歌は斎王へ奉呈されたもののように読める。しかしこの大和物語の話は、兼輔を「堤の中納言」のイメージで語りすぎているので、これをそのまま受取るわけにはいかない。この群行随行のときの兼輔は、まだ叙爵前の年若い官人で、長奉送使中の一員にすぎなかったはずである。百歩譲ってこれが斎王への奉呈歌であったとしても、それに対して斎王からの「おほむ返し」がなかったのは、当然であろう。

それにしても、先の仁和寺での歌といいこの伊勢斎宮での歌といい、兼輔がいかにその折々の場に合わせて心を用いことばを用いる人であったかを、思わせずにはおかない。これらは、歌人意識が詠ませた歌ではない。身に備わった貴族社会の人としてのセンスが言わせたことばである。

その場を読み取る感受力、それを歌としてつむぎ出す言語能力、兼輔は生得それの備わっていた人のようである。

後代の定家は、後堀河天皇の命により編撰した新勅撰集において、「白雲の」の歌を巻十九雑歌四の部の巻頭に置き、「くれたけの」の歌を巻七賀歌の部に収めている。

兼輔と定方

交野行き

ここで、改めて兼輔と定方の関係を見てみよう。

兼輔と定方は父たちが兄弟、すなわち従兄弟の間柄であり、兼輔の方が四歳年下である。共に藤原氏北家贈太政大臣冬嗣の曾孫として生まれたが、祖父良門が早逝したらしいこともあって、この家系は、二人が生まれた清和朝末期から陽成朝初期のころ、さほど表立つところにいたわけではない。しかし定方の同母姉胤子が登祚前の宇多天皇すなわち源定省の妻となって男子を生み、その男子が醍醐天皇として登極するに及んで、にわかに帝外戚という立場に押し出されたこと、すでに幾度も述べてきたとおりである。

それゆえ定方も兼輔も、十代半ば過ぎるころから、内舎人とか春宮殿上とかいう形で醍醐朝廷へ出仕しはじめた。かれらの立場は、その出発のときから、いわば醍醐朝廷のミウチの者としての奉仕にあったと言ってよい。しかもこの二人は、若いころから非常に親しかったようである。

兼輔集に、次のような場面がある。

三条の右大臣殿のまだ若くおはせしとき、交野《かたの》に狩したまひし
とき、追ひてまでて

君が行くかたのはるかに聞きしかど慕へば来ぬるものにぞありける
　急ぐことありてさいだちて帰るに、かのおとどの水無瀬殿の花
　　おもしろければ、つけて送る
さくら花にほふを見つつ帰るにはしづごころなきものにぞありける
　　京に帰りたるに、かのおとどの御返事
立ちかへり花をぞわれは恨み来し人のこころののどけからねば

ここに語られているのは、次のようなできごとである。

　定方がまだ若かったころ、交野に狩しに行ったことがあった。交野は、現在の大阪府交野市から枚方市にまたがる地域で、桓武天皇の交野離宮以来禁裡御料の狩猟地とされてきたところである。伊勢物語にも、惟喬親王の狩に業平が随行して歌を詠んだところ、として語られている。都からは馬でほぼ半日行程の距離であった。定方はそこへひとりで狩に行ったらしい。それを知った兼輔は、あとから追いかけて行って歌でこうあいさつした。

　あなたの行先ははるかな交野と聞きましたが、あとを慕えばこのとおり、ちゃんと追いついて来れるものですよ。

と。言うまでもなく「君が行くかたの」のところに、「交野」という地名がしっかりと詠みこまれている。あなたの行くところへならどこへだってこうして追いかけて来るんですからと、親し

みのあふれ出ることば。おどろいている定方の前でおもしろそうに笑っている兼輔の顔が目に見えるようだ。

しかしこの日の兼輔は、急いで都へ帰らねばならぬ用を持っていた。定方が交野へ行ったと聞いて矢も楯もたまらず追いかけてはきたものの、折返し都へ帰らねばならなかった。ひとりでの帰途、水無瀬の定方別邸の前を通ったところ、折しも花の盛りであった。兼輔はその一枝を手折り、やはり定方へ歌を言い送らずにはいられない。

　こんなに美しく咲いた花を見ながら帰るとは、まことにせわしないことです。

われながら情ない、ほんとはあなたとこの花をゆっくり見たかったのだと、駄々をこねているような歌である。その気持は定方も同じであったと見えて、返歌は京へ着いた兼輔を追いかけるようにして届けられた。

　しようがないから、あとで花を恨みましたよ。実に落着かぬ人だ、君は。

と、これまた心おきなく言われたことばである。若さがさせる少しばかりの無茶も交えて、ほんとうに心を通わせ合った若者たちがここにいる。

詞書で定方は「三条の右大臣殿」と呼ばれているが、もちろんこれは後年この兼輔集が編まれた時の呼称である。このできごとがあったのは二人がまだ非常に若かったころのこと、あるいは兼輔がまだ非蔵人殿上していたくらいのころのことではなかったか。そしてここに見られるまったく隔意のない親しみ合いは、二人の間では終生変ることなく保たれつづけたものであった。

右のやりとりのうち後の二首は、これとほぼ同じ事情を伝える詞書つきで三条右大臣集にも見える。また後代の玉葉集や万代和歌集にも、一対の形で収められている。

定方のむすめ

右の交野行の挿話からもわかるとおり、兼輔と定方の親交はごく若いころからのものである。その上両家は、やがて幾重もの通婚関係を持つことになる。

尊卑分脈で見ると、定方には十四人の娘がある。そのうち長女にだけは「醍醐女御 仁善子」とその名が記されているが、あとは「女子」とのみ、その文字が十三も並んでいるさまは、さすがに目立って華やかな眺めである。なお、長女を「仁善子」とするのは尊卑分脈の誤りで、正しくは定方長女は「能子」である。

この十三人の「女子」のうち最初の「女子」は、醍醐天皇皇子三品中務卿代明親王の室であり、その次の「女子」すなわち定方第三女が、兼輔の室である。

兼輔にとって定方は四歳年上であるから、その第三女は、仮に定方にとって非常に若いうちの出生であったとしても、兼輔とのあいだには少なく見積っても十数歳の年齢差があったはずである。しかし定方にしてみれば、大勢いる娘のひとりを兼輔に托すことは、なにより安心できることであったにちがいない。この婚姻には、配偶というよりもむしろ後見乃至保護という性格が強かったのかもしれない。それはこの時代、必ずしも珍しいことではなかった。

言い添えておけば、定方の十番目の「女子」は兼輔の長子雅正の妻となっており、十二番目の「女子」は兼輔の四男庶正の妻となっている。つまり兼輔の家では、兼輔自身だけでなくその息男の二人までが定方女と婚姻している。ここからも、定方が兼輔およびその一家をいかに頼むに足る縁者としていたかが、わかるような気がする。年齢から見れば、定方女たちと兼輔息男たちはほぼつり合った世代と思われるが、兼輔と定方三女のあいだには、親子ほどの世代差があったことになる。

兼輔が定方三女に住みはじめたのは、「内蔵助にて内の殿上をなむしたまひける」ころであった、と大和物語百三十五段は語っている。兼輔の内蔵助時代と言えば、二十七歳から三十九歳までの期間である。定方三女との婚姻のはじまりがこの長い期間のどのあたりであったかわからないが、定方三女がある程度のよわいに達してからでなければならないのだから、そのときの兼輔の年齢を考えれば、すでに一人乃至複数の妻があったとしてもふしぎではない。

もともとそれは定方女にとっては気の進まない話であったし、兼輔の方も宮仕えが忙しくて常に通って行くというわけにはいかなかった、と大和物語は語っている。そんなふうであったころ、定方女はこんな歌を兼輔へ送った。

たきもののくゆる心はありしかどひとりは絶えて寝られざりけり

このことを悔いる気持はありましたが、いまはもう、とても一人では寝られそうにありません、というのである。どうか、いらしてください、ということだ。「燻ゆる」に「悔ゆる」を懸け、「火取」に「独り」を懸け、「たきもの」の縁語を連ねてみせた修辞力の高さ。それにも増して「ひとりは絶えて寝られざりけり」という率直な訴えが切ない。

これに対する兼輔の返歌を、大和物語は載せていない。兼輔がどうしたかも、言っていない。ただ、

かへし、上手なればよかりけめど、え聞かねば書かず。

と、兼輔の作歌能力についてのコメントだけを付している。つまりこのころ、兼輔には「歌の上手」という世評があったようである。

これにつづく百三十六段では、兼輔が手紙で次のようなことを定方女へ言い送った、と語られている。その手紙を意訳すれば、

このところまことに公務多忙にて、そちらへ行くことができません。こんなに忙しく走りまわっているうちにも、訪ねて行かないことをあなたがどう思われるかと、かぎりなく気になっているのです。

と言っている。年若い妻に対して、いかにもまめ男ぶりの感じられる文面だ。公務多忙というのはおそらく口実ではなくて、事実そのとおりであったのだろう。他の者が言えば言い訳めいて聞こえることばも、兼輔が言えばやはりそうかもと思われるようなところがある。

しかし定方女は、すぐに次のような歌を返した。

さわぐなるうちにもものは思ふなりわがつれづれをなににたとへむ

忙しい忙しいとおっしゃって、その忙しさの中でも心にかけてはいてくださるのですね。でもそれでは、なにすることもなくただおいでを待つばかりのわたくしのつれづれは、いったいなににたとえたらいいのでしょうか、と。

屈折した言い方ながら、これは決して皮肉や嫌味などではない。あなたの「忙しい」が嘘ではないことはわかっている、それでもこの終日のすべもなきつれづれ。わたくしは待つさびしさに堪えられないのだと、これもまた形を変えての訴えというものであろう。

先の「たきものの」の歌と言い、この「さわぐなる」の歌と言い、定方三女は年若いながらも歌でものを言うことに非常に長けた女性であったように見受けられる。この人もまた、兼輔に劣らぬ「歌の上手」であったようだ。

兼輔と定方三女については、このほかにはもうなにごとも伝わっていない。そしてずっと後年、延喜年間末のころに兼輔は娘桑子を醍醐後宮に入れるが、この桑子は兼輔と定方三女とのあいだに生まれた娘であったと見られている。桑子は醍醐後宮で一皇子をあげ、この皇子は醍醐上皇崩御の際に親王宣下を受けた。章明親王である（81頁）。すなわち章明親王は、兼輔の外孫というだけでなく、外戚家の血をひくただ一人の醍醐皇子でもあったのである。

藤花の宴

兼輔と定方には、心ゆくまで歓をつくした遊楽の日のあったことが知られている。その年次は不明であるが、二人がある程度のよわいを重ねてからのことであったように思われる。

その日、両者のあいだで詠み交された歌は、兼輔集にも三条右大臣集にも残されているけれども、ここでは、その日の状況をより詳しく伝える後撰集春下の部によって、それを見てゆくことにしたい。

やよひしもの十日ばかりに、三条右大臣、兼輔の朝臣の家にまかりて侍りけるに、藤の花咲けるやり水のほとりにて、かれこれおほみきたうべけるついでに　　　三条右大臣

かぎりなき名に負ふ藤の花なれば底ひも知らぬ色の深さか　　　兼輔朝臣

色深くにほひしことは藤なみのたちもかへらで君とまれとか
棹させど深さも知らぬふちなれば色をば人も知らじとぞ思ふ
貫之

ある年の三月の末に、定方が兼輔邸を訪問し、折から盛りの藤花の下で酒宴となった。定方の歌が「名に負ふ藤の花」と言っているところを見れば、兼輔邸の藤は当時有名であったらしい。その花に合わせての訪問であったたか。定方は歌で、

さすが評判どおりの美しい花ですね。

とあいさつした。「やり水のほとり」の花であったので「藤」に「淵」を懸け、水に映るさまを底知れぬほど深い色だと讃えたのである。これを受けて兼輔は、

この花がかように色深く咲いていますのは、きょうはお帰りにならずにお泊りくださいと言っているのでしょう。

と返した。「藤なみ」の縁で「たち」「かへらで」と語を連ねている。まことにくつろいだやりとり。社交歌にありがちのことさらな外交辞令がなく、心からうちとけ合った間柄であることが見て取れる。

そしてこの席には貫之も控えていて、歌を詠んだ。

棹さして深さも知られぬほどの淵ですから、この藤の花の色の深さはなかなか人にはわか

らないと思います。

「棹させど深さも知らぬ」と出だしたところ、「藤」に「淵」を懸けたところは、定方の歌の「底ひも知らぬ」に和した言い方で、この日のまろうどへの配慮であったろう。下句の「色をば人も知らじとぞ思ふ」も、世の人はこの花の美しさがわからないと想定した上での、それをわかって賞してくれた定方への謝辞である。

貫之は兼輔の家人《けにん》であったから、この日は兼輔側の侍者としてこの席にいたのであろう。右三首のうち定方と兼輔の歌はまっすぐにやりとりされた主客の贈答だが、貫之の一首は、そのやりとりを聞いた上で、兼輔の歌の蔭から詠み出された客へのあいさつである。定方の歌への配慮はたしかにあるが、それは定方へ直接和したものではなくて、主客の唱和に対して主の側の従者の立場から和した歌、と見るべきであろう。

藤花の下での宴はいよいよたけなわとなり、琴笛などのあそびとなった。定方は管絃の道に堪能な人であったから、このもてなしをよろこんだであろう。感興尽くることなく夜もふけていった。結局定方はその夜兼輔邸にとどまり、翌朝また主客のあいだで歌の唱和があった。後撰集春下の部は右の三首につづいて、翌日の歌を収めている。

琴笛などしてあそび、ものがたりなどし侍りけるほどに、夜ふけにければまかりとまりて　　三条右大臣

きのふ見し花のかほとてけさ見れば寝てこそさらに色まさりけれ

兼輔朝臣

ひと夜のみ寝てし帰らば藤の花こころとけたる色見せむやは

貫　之

あさぼらけ下ゆく水は浅けれど深くぞ花の色は見えける

定方の歌は、

きのうも見た花の顔ですが、一夜寝た上でけさ見れば、これまたいっそう色まさって見えるものですね。

と言っている。藤花の美しさをほめたように言いながら、「花のかほ」「寝てこそさらに」など、恋の一夜が明けたかのような風情をアピールしてみせる。定方の上機嫌が目に見えるようだ。そこで兼輔も、

いや、いや、一夜ぐらいでお帰りになったのでは、藤の花はなかなかうちとけてはくれませんよ。

と応じた。もっとお泊りになれば花はほんとうにうちとけるでしょうと、これも負けずに恋の気分で返歌した。実によく呼吸の合ったやりとり。兼輔と定方の親密さは、あの交野行きのころのままますこしも変っていない。

兼輔が「歌の上手」と言われたのは、専門的な歌よみ、ということではなくて、このような日常の場のやりとりとして巧みな歌が即座に詠める、という意味であったはずである。そしてその意味でならば、定方もそうであったように見え、定方三女もそうであったように見える。兼輔・定方周辺には、歌でものを言うことについての練達があるように思われる。そう言えば、醍醐朝の公卿にして家集を残している人は、兼輔と定方だけなのである。

さて、この日の主客のここまで興に乗ったやりとりを前にしては、さすがに貫之も、

朝ぼらけの下ゆく水は浅くても、花の色は深く見えることです。

と、いっそう控えた姿勢にならざるを得なかった。この貫之の歌は、前日のものよりさらにはっきりと、主客唱和のかたわらにあってこれに和する従者の歌、という表情を見せている。

右に見るように後撰集は、兼輔邸藤花宴に際しての歌を、当日についても翌日についても、定方・兼輔・貫之の三首ひとまとめの形で収載している。そのためか、この藤花宴については、定方・兼輔・貫之の三者が一座して歌を詠み合ったのだと見られている面があるようである。しかしこの時代の貴族社会の階層意識や慣習からすれば、貫之が定方・兼輔と同じレベルで一座するということはあり得ないことだ。この日の藤花宴のあるじは兼輔、まろうどは定方。貫之は兼輔家の家人《けにん》としてそこにいたに過ぎない。歌は主客のあいだで詠み交され、貫之はその交歓の場に侍する従者として、主客交歓のうるわしさに頌歌をささげたのであった。

実は、兼輔集や三条右大臣集は、このときのものとしては定方と兼輔の歌しか収めていない。つまり主客の歌のみを収めて侍者貫之の歌は収めていない。後撰集にあったのは勅撰集としての立場であったから、同じ機会に詠まれたものということで三者の歌を三首並べて撰入したのであろう。しかし私家集としての兼輔集や三条右大臣集の立場に立てば、宴の当事者としての主客の歌があればよいのであって、それ以外の者の歌まで収めておく必要はないのである。

実際、三条右大臣集には、一日目の兼輔歌「色深く」のあとにもう一首、次のような兼輔の歌がある。

　　中納言また添へて侍りける

あかなくに君帰りなば藤の花かけてさらにや恋ひわたるべき

また兼輔集には、二日目の兼輔歌「ひと夜のみ」のあとにもう一首、次のような兼輔の歌がある。

　　また

いたづらに明けばあやなしほととぎす鳴くを待つとて君はとどめむ

これら二首の兼輔歌は、兼輔邸藤花宴の場で詠まれたものではあったのだが、勅撰の後撰集では撰外として拾われなかった。しかし個人の家集では当事者の歌を収めるというのが原則だから、勅撰集に拾われなかった歌でもそこに残される。ただしそれは、その家集当事者の歌についてのみ言えることであって、局外者の歌についてはその限りでない。兼輔集と三条右大臣集がいずれも貫之の歌をそこに収めていないのは、この両集の立場からすれば、家人《けにん》貫之はこのときの藤花宴の当事者ではなかった、ということである。

なお、貫之集にはこの藤花宴そのものの記載がなく、そこで詠まれた貫之の歌も、どこにも収載されていない。


この藤花宴の催された場所は「京極の家」であったと、兼輔集も三条右大臣集も共にそう言っている。ここで言われた「京極の家」とは、兼輔の本邸「堤の家」（74頁）のことである。「堤の家」の所在場所は現在からはたしかにつきとめることができないが、およそを言えば東京極より東、加茂川の西岸、そしておそらく五条以北であったろう。とすれば、この兼輔の「京極の家」は、定方本邸とも近い。

拾芥抄によれば、定方は左京三条四坊に三町つづきの宅地を所有しており、そのうちのもっとも東の15町が定方本邸であったという。定方が「三条右大臣」と呼ばれたのは、この本邸に因んでのことであった。この定方本邸は東京極に接している。兼輔の「京極の家」のありかははっきり言えないけれども、東京極と加茂川西堤とのあいだにあったはずなのだから、かれらの本邸はそれほど遠く離れてはいなかったはずである。

兼輔と貫之

本主と家人

兼輔と貫之の間柄について言われるとき、そこにあったものが基本的には主従の関係であったということは、なぜかあまり気にとめられないようである。

たしかに、和歌という角度から見るときは、その場その場の人と人とのかかわり方の具体相に眼が行きがちで、現実社会での階層差や上下関係などは見えにくい面がある。またそれを考慮に入れる必要のない局面もあるだろう。しかしこの世の現場を生きる上で、兼輔と貫之をつないでいたものが主従関係であったことは動かぬ事実であって、それは常に両者のかかわり合いの基底にあったものである。貫之からすれば兼輔はまことに頼むに足るあるじであったし、兼輔からすれば貫之は、長年馴れ使ってきた従者であった。両者のこの立ち位置は、終始変らない。

令制では、養老令《ようろうりょう》の家令職員令《けりょうしきいんりょう》に定めるところにより、有品の親王・内親王と従三位以上の職事官に対しては、その家の家政庶務にあたるための「家令《かれい》」と呼ばれる官人が給付された。平安時代に入るころから、それは「家司《けいし》」と呼ばれるようになる。また奈良時代初期のころから、散三位（現職に就いていない三位）や五位以上の官人の家には、「宅司《たくし》」と呼ばれる家政担当者が置かれるようになっている。これら家令・家司・宅司の制度は、いろいろな変容が加わりながらも、平安中期摂関時代あたりまで受け継がれているという。

本主と家令・家司・宅司等との関係は、本来令の規定に基づく公的性格のものであった。しかし、家令・家司・宅司らに対する官よりの給付は一般官人のそれよりも低く、その分は本主が補って支給することになっていたという。そんな事情もあって、かれらの本主に対する私的従属意識は、次第に強くなっていったようである。さらに権勢家の側では、これら官給の従者とは別に、まったく私的に従者を抱えるようにもなっていた。

本主と従者というのは、事実において、人に対する人の従属関係である。本主には従者たちを自由に使役できるという利益があり、従者の側には、官給の家令・家司等になれば公の課役を免れられるという特典があったほか、昇叙や補任等において本主からの支援を受けられるという便宜もあって、双方の私的結びつきは、自然に増大していった。平安中期あたりになると、中・下層官人——殊に受領層——のあいだでは、権勢家との私的従属関係を持つことが一般化していたようである。このあたりのことは、藤木邦彦『平安王朝の政治と制度』（吉川弘文館　一九九一年）や、黒板伸夫「家政組織」（山中裕編『源氏物語を読む』〈吉川弘文館　一九九三年〉に所収）に説かれている。

平安貴族社会は徹底して階層社会である。位階というものによって人を序列化し、上位の者ほど制度上の利益が受けやすく、下位の者ほど制度上の恩恵が受けにくく組織された社会であった。

となれば下位の官人たちが、そのしくみの外にある私的従属という形によって権勢家とのコネクションを持ち、それへの私的奉仕とひきかえになにかの見返りを期待するようになったのは、その社会にあっては必然の流れであったと言えよう。右にあげた黒板論考には、ひとりの本主に仕えるだけでなく、複数の本主と主従関係を結ぶ「兼参《けんざん》」の者も稀でなかったことが述べられており、しかもこれら兼参の者たちによる情報交換が、本主間の関係の潤滑油のはたらきをしていたことも、指摘されている。

兼輔は、もちろん摂関にのぼれるような家柄の人ではない。極位極官は従三位中納言であって、特にぬきん出た権勢家というわけでもない。しかし醍醐朝においては外戚家に連なる立場にあり、内蔵寮・蔵人所・近衛府と、内廷や君側の重要部署を常に離れることのなかった実力者である。しかも人をよく容れ、くだけたところもある人柄であったようだから、下位の人々には慕われるところがあったに相違ない。

以下に述べるとおり、現在から見てたしかに兼輔の家人《けにん》であったと知られるのは貫之と躬恒だけであるが、かつて父利基の従者であった御春有助も、利基の歿後はおそらく兼輔の家人《けにん》になっていたはずである（25頁）。また名を挙げて言うことはできないが、おそらく貫之や躬恒らよりもっと上位の層にも、兼輔とのあいだに私的従属関係を持った者はいたであろう。

貫之と躬恒がたしかに兼輔の家人《けにん》であったと断定する根拠は、後撰集雑二の部にある次のような躬恒の歌である。

もとより友だちに侍りければ、貫之にあひ語らひて兼輔朝臣の家に名づきを伝へさせ侍りけるに、その名づきに加へて貫之に送りける　　躬恒

人につく頼りだになしおほあらきの森の下なる草の身なれば

これによって、躬恒が貫之を介して兼輔の許に「名づき」を呈した、ということが知られる。「名づき」とは「名符《みようぶ》」とも言い、家人《けにん》になろうとする者が、わが氏名や官位などを書いて主家へさし出すものである。右の歌が「人につく頼りだになし」と言っているように、躬恒には権門に近づく手づるがまったくなかった。そこで友だちであった貫之に頼んで、兼輔家へ「名づき」をさし出すことにしたのである。「どうかよろしく頼む。」とこの歌は貫之に言っている。このあと躬恒が兼輔の家人《けにん》になれたことは、後年淡路掾の任を終えて帰京した躬恒が、粟田にあった兼輔邸に行って、赴任前そこに仕えていた日があったのを回顧して歌を詠んでいること（159頁）から、確実に知ることができる。そしてなによりも、このようにして貫之が躬恒の従属を仲介していること自体が、そのときすでに貫之が兼輔の家人《けにん》であったことをあきらかに語っている。

貫之が生年不明の人であるためはっきりしたことが言えないのだが、兼輔と貫之では貫之の方がずっと年長である。しかし身分上は兼輔の方がはるかに上の階層であった。兼輔は、傍流とは

いえ藤原北家の流、従四位上右近中将利基の息男。しかも醍醐朝では天皇の皇太子時代からその側近に仕えてきた。対して貫之は、そのころまったく勢いの衰えていた古代氏族紀氏の末流、父望行は五位に到らずして終った人である。

その貫之が兼輔の家人《けにん》となったのはいつごろからのことか、またその機縁はどのようなことであったか、いずれもわからない。先に、兼輔の兵衛佐時代すなわち延喜七年（九〇七）から同九年（九〇九）のころにはすでにその家人《けにん》となっていたか、という推測を述べたが（25頁）、それは必ずしも確実な根拠によるものではない。それでも言えることは、兼輔と貫之の主従関係は、決して短いものでもかりそめのものでもない、ということである。

従者貫之

貫之集に、こんな場面がある。

兼茂朝臣ものへいくに、兼輔朝臣餞するに、雨の降る日

ひさかたの雨もこころにかなはなむ降るとて人の立ちとまるべく

「兼茂朝臣」とは、兼輔の異母兄兼茂のことである。兼輔との年齢差はわからないが、兼輔が二十一歳で非蔵人殿上したと同時に、六位蔵人になっている。公卿補任でその後の叙位補任の状況

を見ると、中年のころまでは兼輔より一、二歩先を歩いているが、やがて兼輔に先を越される。また、兼輔のように内蔵頭とか蔵人頭というような要職には就いていない。兼輔の兄弟で公卿にまで達したのはこの兼茂だけであるが、参議となったのは兼輔より二年遅れの延喜二十三年（九二三・閏四月に延長と改元）の正月、しかも翌月陣座で中風の発作を起し、三月に卒している。

その兼茂が「ものへいく」とあるのは、いつのことであったかわからない。なんのためどこへ行ったのかもわからない。兼茂の閲歴から見て地方官赴任などではなかったように思われるが、兼輔が餞を催しているところからすれば、かりそめの旅立ちではなかったのであろう。ただ、その日は雨であった。貫之はその餞の席に兼輔の従者として列し、右の歌を詠んだ。歌意は、

雨も、あらかじめ人の思うに任せて降るものであればいいですのに。降るからということで出立を思い止まれますのに。

というような気持である。あやにくの天候の中を出立しなければならない人へのいたわりが、惜別の情をいっそう切なるものにしている。これは貫之から兼茂への送別のことばというよりも、あるじ兼輔の心情を代弁した歌と見るべきであろう。この場面からは、従者としての貫之の位置がよく見える。

このできごとは、兼茂の在世期間から考えて延喜年間のうちのことであったはずだが、正確な年次がわからないので、貫之が兼輔に仕えはじめた時期を推測する手がかりにはなり得ない。

ここで貫之の官歴を見ておこう。古今和歌集目録によれば貫之は、延喜十年代前半のころは少内記・大内記と中務省所属であったが、延喜十七年（九一七）正月に叙爵、加賀介に任ぜられた。しかし貫之はこの加賀介に不満で、遷任を願い出て翌年二月に美濃介とされている。これにかかわる歌が、次のように貫之集にある。

かうぶりたまはりて、加賀介になりて、美濃介に移らむと申す
あひだに、うちの仰せにて歌よませたまふ奥に書ける

降る雪や花と咲きては頼めけむなどかわが身のなりがてにする

貫之は、美濃介への遷任を願い出ているあいだに内裏からの下命で歌を詠進することになったので、その詠進歌の最後のところに右の一首をつけ加えて、わが願いの叶えられんことを上訴したのである。機会があればこれをとらえて愁訴するというのは、貫之にかぎらずこのころの官人たちが常にしていたことである。貫之の願いは聞き入れられて、美濃介へ移ることができた。この経緯の蔭には、当時貫之を家人《けにん》としていた内蔵頭兼蔵人頭兼輔の力なども、はたらいていたのかもしれない。

それから四年後の正月、兼輔は参議に任ぜられ、公卿の一員となった。このとき貫之はもう美濃から帰任していたらしく、早速祝い言上のため兼輔邸にかけつけた。貫之集に次のような場面がある。

藤原の兼輔の中将宰相になりてよろこびに到りたるに、はじめて咲いたる紅梅を折りて、今年なん咲きはじめたる、と言ひ出だしたるに

春ごとに咲きまさるべき花なれば今年をもまだ飽かずとぞ見る

実は兼輔にとって、このときの参議就任は待ち遠しいことであったらしい。後撰集春上の部には、

前栽に紅梅を植ゑて、またの春遅く咲きければ　藤原兼輔朝臣

宿近く移して植ゑしかひもなく待ち遠にのみにほふ花かな

という歌がある。これだけ見れば移し植えた紅梅がなかなか咲かないのを待ち遠しがった歌であるが、先の貫之集の歌の詞書に「はじめて咲いたる紅梅」とあるのはおそらくそれと同じ紅梅であったと思われ、紅梅がはじめて咲いたのと参議就任とが、どちらも待ちつけた花であったらしいことを推測させる。貫之集の詞書で見れば、祝いにかけつけた貫之に向って兼輔は、「今年なん咲きはじめたる」と満足げに言っているのである。その気持は貫之には実によく通じたようで、

これからも春ごとに咲きまさってゆくはずの花ですから、はじめて咲いた今年の花も、まだまだ飽き足りぬ思いで見るのです。

と詠んでいる。この先まだまだご栄進あられるはずですから、と言っているのである。

ただしこの歌は、後撰集春上の巻で見ると、次のようにすこし異なる詠歌事情になっている。

兼輔朝臣のねやの前に紅梅を植ゑて侍りけるを、三とせばかりののち花咲きなどしけるを、女どもその枝を折りて簾《す》の内より、これはいかが、と言ひ出して侍りければ

春ごとに咲きまさるべき花なれば今年をもまだ飽かずとぞ見る

はじめて宰相になりて侍りける年になむ

作者名の表示がないのは、詞書の中に「兼輔朝臣」とそれが言われているからである。この後撰集に拠って見れば、兼輔の妻や侍女たちが庭前に咲いた紅梅の枝を折り取って、「いかがごらんになりますか。」と簾の内からさし出したとき、兼輔がそれに答えた歌だ、ということになる。従って歌の意味も、わがゆく先にはさらなる昇進があるはずだと、暗に言ったことになる。はじめて参議になった年のできごとだ、とわざわざ左註を付したのも、その寓意をよりはっきりさせたいためである。つまりこちらで読めば、この歌を詠んだのは兼輔自身であって貫之ではない。後撰集のこの場には、貫之の姿はどこにもないのである。

この一首をめぐって、貫之集と後撰集とどちらが事実を伝えているのか、たしかめるすべはない。ただ受ける印象として言えば、本人自身がわが行く末の栄達をにおわせて歌を詠むというのはどこか不自然、妻たちが簾の内から紅梅の枝をさし出すというのも話になりすぎている。ここは、花のかたわらで「今年なむ咲きはじめたる」と満足げに言うあるじと「今年をもまだ飽かず

とぞ見る」と応ずる従者、とする貫之集の方にリアリティが感じられる、とだけ言っておこう。
いまひとつ後撰集や貫之集の中に従者貫之の姿が見られるのは、兼輔の妻の死にかかわってのときのことである。その年の師走のつごもりの日、貫之は主家を訪ねてあるじとしみじみとした歌を詠み交した。このことは先に「公卿に列す」の章の「妻の死」のところで述べたとおりである。そこに見られたのも、あるじの悲しみに心を添わせて侍する家人《けにん》貫之の姿であった。

歌を詠み交わす主従

後撰集冬の部には、貫之と兼輔のあいだでやりとりされた四首一連の歌がある。

雪のあした、老いをなげきて　　貫　之
ふりそめて友待つ雪はむばたまのわが黒髪の変るなりけり
かへし　　兼輔朝臣
黒髪の色ふりかふる白雪の待ちいづる友は疎くぞありける
また　　貫　之
黒髪と雪とのなかの憂き見れば友鏡をもつらしとぞ思ふ
かへし　　兼輔朝臣

年ごとにしらがの数をます鏡見るにぞ雪の友は知りける

雪の降った朝、貫之の方から詠みかけて、両者のあいだを二往復した歌である。

まず貫之から、

先に降りはじめて、あとから降ってくるのを待っているこの雪は、わたしの黒かった髪がいつのまにか白くなってゆくのと同じようなものでした。

と言っている。詞書にあるとおり、事実雪の降ったのを見ての詠である。「わが黒髪の変るなりけり」も、実際貫之の頭髪にはそのような変化が生じはじめていたのであろう。「友待つ雪」とは、あとから降りつづいてくるのを待っている雪、ということで、雪を擬人化した言い方、同時にしらががあとからあとからふえてくるさまの比喩としても言われている。

これに対して兼輔は、

そうだね、黒髪がだんだん白く変ってくるのは疎ましいものだ。

と答えている。下句の「待ちいづる友」は、貫之が「友待つ雪」と言っていたのに合わせたものである。

このやりとりで興に乗ったのか、貫之はまた詠みかけた。

黒髪と雪とのつらい関係を見ていますと、友鏡するのもいやになります。

「友鏡」とは、いわゆる「合わせ鏡」のことである。貫之は、前のやりとりで「友待つ雪」「待ち

いづる友」と往復したことばの流れを継いで、こんどは「友鏡」を持ち出した。これに対する兼輔の返事は、

年ごとにしらがの数のふえてゆく鏡を見るごとに、なるほどこれは「友待つ雪」だな、とわかるね。

というものであった。貫之が新しく持ち出してきた「友鏡」ということばに対しては、しらがの「増す鏡」として受け、「友」については下句の「雪の友」で応じている。この「雪の友」は、貫之の最初の歌の「友待つ雪」を言い換えた語でもある。

この四首のやりとりでは、「雪」と「友」がキイワードになっている。その日は朝から雪が降っていたというのだから、このやりとりで「雪」が要《かなめ》の語になるのは当然と言えよう。しかし「友」は、貫之の最初の歌に「友待つ雪」とあったところから兼輔がこれを拾ったものである。貫之にはそれがうれしかったと見えて、次の歌では「友鏡」となお「友」にこだわったことばを使ってきた。すると兼輔は、こんどは「友」を外して「ます鏡」と変化させながらも、「雪の友」とも言って「友待つ雪」への回帰をも図っている。双方、ことばの働かせ方をよく知った者同士のやりとり、わけても兼輔の受け方は巧者である。

さらに、この二回のやりとりはいずれも貫之の方から先に詠みかけ、兼輔がこれを受けて納める形になっている。一度目の返歌をしたときの兼輔は、そこで終るやりとり、と思っていたのか

もしれない。受け方にそんな感じがある。しかし貫之はさらにすがりつくように二度目の歌を詠んでよこした。それに対する兼輔の返歌には、いっそう受けて納めた感じが強い。このやりとりは貫之の方が積極的で、敢えて言えばこのときの貫之には、兼輔へ甘えかかっているような感じがある。

つけ加えておけば、右四首のやりとりは兼輔集には収められていない。貫之集では一度目のやりとりのあとに「またかへし」の詞書があって、「黒髪と雪とのなかの」の歌に並んでもう一首、

色見えて雪積りぬる身の友やつひに消ぬべきやまひなるらむ

という貫之の歌がある。やはり貫之の方がよりもの言いたげなのである。兼輔が二度目に返したという「年ごとにしらがの数をます鏡」の歌は、貫之集の中には収められていない。

ここで貫之が兼輔家のために詠んだ屛風歌について、触れておきたい。

貫之は、その時代にあって他に類例のないほど多くの屛風歌を詠んだ専門歌人である。現存貫之集は、総歌数約九百首のうち過半をはるかに超える五百五十首ばかりが屛風歌である。その貫之集第三に、

京極の権中納言の屛風のれうの歌二十首

と詞書のある二十首が、兼輔家のために詠まれた屛風歌である。詠まれた年代は不明だが、詞書

にある「権中納言」という兼輔の官名をそのときのものと見てよいとすれば、兼輔が権中納言であったのは延長五年（九二七）正月から延長八年（九三〇）十二月まで、兼輔五十一歳から五十四年までの時期に相当する。

歌は四季屛風歌であるが、二十首の内訳を見れば、春八首、夏一首、秋七首、冬四首となっている。このうち秋歌の中の一首、

たなばたはいまや別るる天の川河霧立ちて千鳥なくなり

は、のちに新古今集へ撰入されている。

松の下蔭

兼輔が歿したとき、貫之は、土佐守として任地にいた。報らせは遅れて届いたであろうが、翌年の正月、任地からの弔問歌を主家へ届けたことは先に述べたとおりである（100頁）。さらにその翌年、すなわち承平五年（九三五）の二月に、貫之は任を終えて都へ帰ってきた。

帰京した貫之は、粟田の兼輔邸を訪ねている。後撰集哀傷歌の部に、そのときの歌がある。

兼輔朝臣なくなりてのち、土佐の国よりまかりのぼりて、かの粟田の家にて　　　貫　之

ひき植ゑしふたばの松はありながら君が千歳のなきぞ悲しき

そのついでにかしこなる人

君まさで年は経ぬれどふるさとに尽きせぬものは涙なりけり

ここには、亡きあるじの遺族に向ってねんごろに弔意を述べる貫之の姿がある。兼輔の死からすでに二年が経っているが、悲しみはきのうのもののように新しい。貫之の歌は、ことばになんの技巧も施さず、「君が千歳のなきぞ悲しき」とただ真情そのままを吐露している。返された遺族の歌も、またあらたな涙にくれながら「尽きせぬものは涙なりけり」と率直であった。

貫之集には、これと同じころに詠まれたと見られる次のような一首がある。

京極中納言うせたまひてのち、粟田に住むところありける、そこに行きて松と竹とあるを見て

松もみな竹も別れを思へばや涙のしぐれふるここちする

ここでも貫之は、粟田邸の庭にたたずんで涙にくれるのである。松も竹もむかしのままこうしてあるのに、あるじはもうおられないと。先の後撰集の歌で貫之が「ひき植ゑしふたばの松」と言っているところを見ると、その松は兼輔の在世時に、貫之ら家人《けにん》たちの手で植えられたものではなかったか。

この松については躬恒も歌に詠んでいて、それは後撰集雑一の部で見ることができる。

淡路のまつりごとびとの任果てての後まうできてのころ、兼輔朝臣の粟田の家にて　躬恒

ひきて植ゑし人はむべこそ老いにけれ松の木高くなりにけるかな

これは、躬恒が淡路掾となってしばらく京を離れたのち、任果てて帰ってきて粟田の兼輔邸で詠んだ歌である。

この松を植えたわたしが年取ったのもあたりまえだ。なんと、あの松がこんなに木高くなっているよ。

と感慨にふけっている。これで見てもその松は、貫之や躬恒ら兼輔家従者の人々がその手で植えたものであったようだ。躬恒が淡路から帰任した年次をたしかめることはできないが、このとき兼輔はまだ在世していたのであろう。貫之に頼みこんで兼輔の家人《けにん》となった躬恒であったが、その後安堵を得た姿を、ここに見ることができる。

兼輔邸の松については、さらに貫之集にこんな歌がある。

同じ中将のみもとに到りて、かれこれ松のもとにおりゐて酒などのむついでに

蔭にとてたちかくるればからころも濡れぬ雨降る松の声かな

詞書が「同じ中将」としているのは、貫之集の中でこの直前にある歌の詞書を受けて言われたも

ので、兼輔のことである。すなわちこの詞書に描かれているのは、兼輔邸の松の木蔭に家人《けにん》たちが円座して集まり、酒盛りをしている場面。貫之のこの歌にも、盛り上った気分がよく出ている。兼輔生前のその邸宅の庭では、こういうことがしばしばあったのではないか。あるじの人柄のおおらかさ、家人《けにん》たちの心服して仕えているさまが実によく窺われる。「蔭にとてたちかくるれば」と言っているとおり、かれらにとってはこの兼輔邸こそ、安んじて身を寄せられる大樹の蔭なのであった。

いや正確に言えば、右の貫之歌に詠まれているのが粟田邸の松であったかどうか、詞書はそれを明言してはいない。しかしその前に見た貫之や躬恒の歌から推して、この酒盛りのときの松も「粟田の家の松」であったと私は考える。おそらくこの「粟田の家の松」こそは、かれら家人《けにん》たちにとっては、自分たちの手で植えた、いわば兼輔邸シンボルの松であったのではないか。

そしてあるじ亡きのちの京に帰ってきた貫之は、その粟田邸の松の蔭に立って「君が千歳のなきぞ悲しき」と歎き、「涙のしぐれ降るここちする」と悲しむ。貫之にとって兼輔をあるじとした歳月は決して短いものではなく、その間両者のあいだには「友待つ雪」のやりとりにも見られるような格別の親和も生まれていた。

なによりも貫之にとって兼輔は、当時のきびしい階層化社会を凌いでゆく上での、もっとも頼みとする本主であった。そのあるじを失った身のよるべなさ。松の木蔭に取り残された貫之の心細さは、「涙のしぐれ降る」どころのものではなかったはずである。事実こののちの貫之は、しきりに摂関家に近づこうとしたり、わが子ほどにもよわいの異なる源公忠の意を迎えようとしたり、なりふりかまわずの権門迎合に心身を労することになる。そのあたりのことは拙論「貫之の晩年」〈山下道代『みみらくの島』〈青簡舎　二〇〇八年〉に収載〉に詳述したので参照されたい。それは貫之にとって、兼輔在世時には決して経験することのなかった労苦であったはずである。

なお、この兼輔の「粟田の家」のありかは、今日からはつきとめられない。往古、「粟田郷」は上・下二郷に分れていた。平安時代史事典はその範囲を、

現在の地名でいえば、上粟田郷は左京区の北白川、浄土寺に、下粟田郷は同じく左京区の鹿ケ谷、岡崎、南禅寺、粟田口北部にほぼ該当しているとみられる。

とする。「粟田」と呼ばれ得る地域は、かなり広かったようである。兼輔の「粟田の家」が上、下どちらの粟田郷にあったのかわからないが、いずれにしてもそれは、「堤の家」からすれば加茂川を越えてその東であった。

さまざまの交わり

藤原真興

兼輔集に、次の一首がある。

藤原のさねきが蔵人よりかうぶりたまはりて、あすおりむとする夜

むばたまのこよひばかりぞあけ衣あけなば人をよそにこそ見め

「藤原のさねき」とは、南家の人真興のこと。父は清和朝に従四位上左衛門督としてあった良尚。異母兄にあたる菅根は道真左遷のときの蔵人頭で、変を知って内裏へかけつけた宇多上皇を左衛門の陣でとどめて醍醐天皇へ取り次がなかった人、として知られている。真興自身もこのとき左衛門佐であって、筑紫へ下る道真を追送する左降勅使をつとめた。けれども、摂津にて追送の任を終えたときの真興は、道真の前に下馬して落涙した、と扶桑略記は伝えている。

右の詞書に「蔵人よりかうぶりたまはりて」とあるのは、六位蔵人であった真興が叙爵して、ということである。通常、殿上を許されるのは五位以上の位階を持つ者に限られるが、六位蔵人のみは特に殿上を許されて種々の雑用にあたった。真興はそれまでその六位蔵人であったのだが、このとき叙爵されて五位に上ったのである。六位蔵人はおよそ四人か五人いて、先任順に席次が

決っており、首席の極臈《ごくろう》を六年つとめるとだいたい叙爵されるならわしであったという。

ただし六位蔵人が叙爵されることは、当人にとっては必ずしもよろこんでばかりはいられない事態であった。叙爵はたしかに官人としての位が上ることではあるが、それは同時に殿上の身分を失なうことでもあったからである。当時、殿上に籍を置くことは、位階とはまた別の栄誉であった。しかし、六位蔵人でなくなった者は殿上を去って地下《じげ》となるしかない。五位蔵人へという道がないでもないが、五位蔵人は定員三名という狭き門であり、それに、そのとき欠員がなければどうにもならない。そこで、叙爵ののちいったん地下《じげ》となり、改めて六位蔵人として殿上奉仕にもどる者さえあった。これを還昇《げんじょう》と言う。その場合、たとえ以前は極臈であった者でも最末席の新蔵人とされる、というきびしい条件があった。それでもなおその道を選択する者があったのは、殿上の身分というものが、かれらにとっていかに願わしきものであったのかを物語るものである。

いずれにしても叙爵された六位蔵人は殿上をおりなければならない。右の歌の詞書に「あすおりむとする夜」とあるのは、真興が殿上をおりることになった前夜、ということである。この歌は後撰集雑一の部にも収められていて、そこでの詞書は、

　　藤原さねきが蔵人よりかうぶりたまはりて、あす殿上まかりおりむとしける夜、酒たうべけるついでに

とあってより詳しく、その前夜蔵人所の人々が別れの宴を催したのであったことが知られる。兼輔も蔵人所のひとりとしてその席に連なり、去りゆく真興へのあいさつとしてこの歌を詠んだのであった。歌の大意は、

こうして共に殿上にいられるのも今宵かぎりです。この一夜が明けたら、五位の袍を召されたあなたをよそながら見ることになりますね。

というようなことになろう。「あけ衣」とは五位の者の着用する緋色の袍のこと。六位のうちの袍の色は緑であった。ここでは真興がその「あけ衣」を着る身となったことを祝福しつつも、しかし明日からはここで共に蔵人としてつとめることはできなくなると、なごりを惜しんだのである。「あけ衣あけなば」と同音をくり返した言い方、これはこのころにあっては歌であいさつするときのいわばものの言いようのひとつ。特に修辞を意識しなくても自然につながり出てくることばの流れであったろう。こうしたことばの流れが身についているところが、「歌の上手」と言われた所以と思われる。

ところで、この歌が詠まれたのはいつごろのことであったろうか。真興が六位蔵人であった時期を史料の上でたしかめることはできないが、この人が道真左遷のとき左衛門佐であったとする扶桑略記の伝えを信ずるとすれば、六位蔵人をつとめたのはそれ以前であったはずである。一方、道真左遷以前で兼輔が蔵人所に所属していた時期となれば、醍醐朝の最初期、非蔵人殿上してい

たころしかない。すなわちおそらく醍醐朝のはじまりのころ、二人は共に蔵人所にいたのだと思われる。そのとき兼輔は二十代の前半、真興は生歿年不明の人だが、父良尚や異母兄菅根の活躍時期から推して、兼輔よりは十歳を大きく超える年長者ではなかったろうか。それゆえこの歌もまた、兼輔にとっては早い時期の作ということになろう。

蔵人所の人々に強い連帯意識があったことは、しばしば言われるところである。このときも蔵人所の人々は、この夜かぎり蔵人所を去ってゆく真興との別れを惜しんで、ねんごろな宴を持った。年若い兼輔もその席に連なり、この歌を詠んで去りゆく人への惜別の情を述べた。右に見るとおり二人のあいだにはかなりの年齢差が推測され、その交わりがどのようなものであったかはわからないが、兼輔は蔵人所におけるこのような場も経験しながら、官人社会の人となっていったのであろう。

なお西宮記によれば、真興は延喜十九年（九一九）九月二十日に陸奥守に任用されているようである。また大和物語百十九段ではこの人のことが、「みちのくにの守にて死にし藤原のさねき」と言われていて、都に帰ることなくその任地で歿しているもののようである。真興が他国で卒したそのころ、兼輔は四十代の半ば、左近衛権中将にして蔵人頭を兼ね、やがて参議に列してゆくのである。

平　中興

いまひとり、非蔵人時代の蔵人所で兼輔が出合うことになった人物として、平中興がいる。中興とのつきあいは、非蔵人時代だけでなく、以下に見るようにその後も長くつづいた。

中興の出自については、尊卑分脈と古今和歌集目録とのあいだにくい違いがあって、はっきりしないところがあるのだが、私は桓武天皇の曾孫平季長の子であると考えている。これについては、旧著『古今集人物人事考』（風間書房　二〇〇〇年）の中の「平中興」の章に詳述してある。

寛平九年（八九七）七月、宇多天皇は譲位のときに、まだ十三歳であったわが子醍醐天皇の蔵人所人事には別して意を用い、頭には平季長と外戚家の定国とを任用した。季長は宇多朝でも蔵人頭をつとめており、宇多天皇の信任篤かった人である。宇多天皇が譲位にあたって新帝に与えた「寛平御遺誡」には、季長は公事に熟達した大器であると、特にその名を挙げて言われている。ただ、このように先帝の重い負託を受けて新帝蔵人頭となった季長であったが、任命後わずか十七日で卒し、その責を果すことができなかった。中興はこの季長の子である。

季長の死の直後、すなわち醍醐朝がはじまったばかりの寛平九年（八九七）九月には、中興の子元規が非蔵人として殿上に仕えはじめている（古今和歌集目録）。兼輔もこのとき非蔵人となっているので、兼輔と中興の子元規とは非蔵人として同期同輩であったことになる。翌昌泰元年（八九八）には中興自身も六位蔵人に補され（蔵人補佐）、父子共に蔵人所に身を置いて新帝に近侍することになった。これは中興にとって、こよなく心ゆくことであったようである。そしてこの時期の兼輔は、蔵人所において中興・元規父子のどちらとも知り合ったはずである。元規の父、ということから考えて、兼輔にとっての中興は、父親世代の年長者であったわけである。

古今和歌集目録によれば、六位蔵人時代の中興は、少内記・大内記・近江権掾などを経たのち延喜四年（九〇四）に叙爵して殿上を去り、遠江守となって現地赴任した。兼輔はそれより二年早く延喜二年（九〇二）に叙爵、ひきつづき殿上を許されて翌延喜三年（九〇三）に内蔵助となっている。すなわちこの時点において、兼輔は中興より上位の官人となった。出自を言えば王氏の出であっても、年齢の上では兼輔よりはるかに年長であっても、醍醐朝における中興は、もはや五位どまりの中級官人に過ぎなかった。

なお、中興の子元規は、父が遠江守であったころに六位蔵人となり、延喜八年（九〇八）には叙爵しているのだが、その後いくばくもなくして卒した、と古今和歌集目録には記されている。わが子の早逝は、中興にとってつらい打撃であったに相違ない。

その後の中興は、延喜十年（九一〇）正月に讃岐守となり、延喜十五年（九一五）正月には従五位上にあげられて近江守を賜わり、昇殿を許されている。延喜十九年（九一九）には左衛門権佐として京官に復したが、その後また播磨守となって現地へ下ったもののようである。この播磨守補任のことは古今和歌集目録には記されていないが、以下に見るような状況から推して、この時期にそれがあったと考えざるを得ない。

後撰集雑一の部に、次のような中興の歌がある。

外吏にしばしばまかりありきて、殿上おりて侍りけるとき、兼輔の朝臣のもとにおくり侍りける　平　中興

世とともに峰へふもとへおりのぼり行く雲の身はわれにぞありける

この歌は、正確に言えば詠作年代不明とすべきものではあるが、状況から推しておそらく播磨守赴任時に兼輔へ言い送ったものであろう、と私は考える。

ここでもういちど中興の官歴をふり返ると、はじめは六位蔵人として殿上を許され京官に就いてもいたのに、叙爵後殿上を去って遠江へ赴任した。その後讃岐守となったが次の近江守は遙任であったらしくふたたび昇殿を許され、左衛門権佐という京官に復することもできた。なのに播磨守に任ぜられ、またしても地方へ下ることになったもののようである。「峰へふもとへおりのぼり」とは、このように殿上を許されたり地下人《じげ》になったりをくり返して、ということである。中興にはやみがたい殿上志向があったようだ。「行く雲の身はわれにぞありける」という自嘲めいた言い方は、なによりも兼輔へ向けて発せられた強い哀願愁訴であったはずである。

そのころの兼輔を見れば、よわいは四十代前半、官は左近衛権中将で蔵人頭を兼ねている。ここまで二十年ばかりのあいだ、中興と兼輔のあいだにどのようなかかわりあいがあったか具体的に知ることはできないが、右の歌に見られる強い愁訴のさまを見ていると、あるいはこの時期、中興は兼輔の家人《けにん》のような立場にいたのかもしれない、という気がする。さらに思いきって言えば、このときの中興の播磨守補任には、なんらかの兼輔の関与があったのではないか。この時代、本主が家人《けにん》の任官の後押しをするというのは、よくあったことである。ただし、殿上を去っての地方赴任ということは、中興にとってはうれしからざる決定であった。それにこのころの中興は、すでに充分に老齢でもある。かれとしては、「峰へふもとへおりのぼり行く雲の身」であることの憂さを、兼輔へ向って訴えずにはいられない心境にあったのであろう。散位にうちすて置かれる者も少なくなかったこの時代に播磨守のなにが不足なのだ、という見方は、おそらくこの時の中興には通じまい。かれにとっては、殿上の身分を失なうことがなによりも不本意なことだったのだから。

それでも中興は、結局また地下人《じげ》となって播磨へ下って行った。そして任果てて帰京したのちのできごとが、兼輔集の中に二つの場面として残っている。そこに見えるのは、兼輔と中興のあいだの気持の行き違いである。

まず、こんな場面がある。

平の中興が播磨よりのぼりて、さはることありていままで参らぬ、と言ひたるかへりごとに

ほととぎす鳴きまふ里のしげければ山辺に声のせぬもことわり

「播磨よりのぼりて」とあるのは、播磨守任了により帰京して、ということであろう。兼輔は、当然中興が訪ねてくるものと思っていたようである。兼輔がそう思うには、思うだけの理由があったのであろう。しかし中興はなかなかやって来ず、「いろいろ差支えがありまして、今日まで失礼しております。」と手紙で言ってよこした。ということは、中興の側にも兼輔邸にあいさつに行かなければという認識はあった、ということである。なのになぜか、中興は行かなかった。なにか、行きにくい事情があったのかもしれない。中興からの手紙を受け取った兼輔は、歌で次のように返事した。

なるほど、あちこち行かねばならぬところが多いのでは、この山里にまで来ているひまなどないわけですね。

と。ことばの表面では忙しいという相手の言い分に全面的な理解を示しているように見えるが、「鳴きまふ里のしげければ」や「山辺に声のせぬもことわり」には、かみ殺したような不快感情がこもっている。そのことは、歌を受取った中興にはもっともよくわかったはずである。

このできごとは、「ほととぎす」の季節すなわち初夏のことであったようである。それからま

ただいぶ日数が経って七夕の日に、中興はようやく兼輔邸に顔を出した。このときのことは、次のように兼輔集にある。

恋ひわたるたなばたつめにあらばこそけふしも人に逢はむと思はめ

これは、かのさはることありてと言ひたりし中興が、ありありて七夕来たりければ、うちさぶらひにて言ひ出だしたりける

左註に「かのさはることありてと言ひたりし中興」とあるのによって、これが先の「ほととぎす」の歌の後日譚であることがわかる。兼輔の歌が言っているのは、こういうことである。

一年間牽牛を恋いわたっている織女であったならば、この日よろこんで逢いもしましょう。しかしあいにく、わたしは織女ではありませんから。

すなわち、きっぱりと面会を断った歌である。あからさまな非難や咎めだてのことばはどこにもないが、今ごろやって来るようなあなたのその流儀につき合うことは、わたしにはできないのだと、手加減なく、明確に意志表示している。

このとき兼輔が相手していたのは、身分上は目下の者、ことによると家人《けにん》であったかもしれない。しかしよわいは父親ほどの年長者、しかも若いときからの長いつきあいもある。このような場合の対応のあり方や相手へのものの言い方などを、兼輔はよく知っていた人のようである。

「うちさぶらひ」にて代りの者に口上を伝えさせた、というのは、もちろん通常の客へのあしらいではないが、さりとて門にも入れず追い返したという扱いでもない。それに、和歌という詩形式を伝達の手段として使いこなせる人であったことも、この場合兼輔の強みである。「たなばたつめにあらばこそ」のことばは、いかなる難詰の語よりも、中興のこころには痛くひびいたに相違ない。

歌でもってものを言うことの意味は、他者に対する配慮である以上に、しばしば本人自身の矜恃のゆえである、ということを、この例は教えてくれているように思われる。

藤原仲平

兼輔と摂関家の人々との私的なつきあいのありさまがほとんどわからない中で、仲平の名だけは兼輔集の二か所に出てくる。

仲平は、陽成朝から宇多朝まで太政大臣の座にあった基経の二男で、同母の兄に時平、弟に忠平がいる。この三兄弟はいずれも大臣位にのぼり、世の人々は「三平」と呼んだと大鏡には語られている。しかし、時平・忠平がどちらも台閣首班となって天下の政にあたったのに比して、仲平は中宮大夫や春宮大夫など無難なところに置かれていてはかばかしくない。官はいつも忠平に先を越され、参議になったのは弟より八年遅れ、右大臣位に届いたのは——外戚家定方の歿後そのあとを襲ったという都合もあって——弟より二十年遅れである。大鏡の言い方で言えば、

この殿の御こころ、まことにうるはしくおはしましける。

ということであった。このことばは、必ずしもほめことばではないように思われる。性格は素直でおっとりしていたのであろうが、この世の実際には間に合わぬところがあったのではないか。十代のころ、異母姉にあたる宇多后温子に仕えていた女房伊勢とのあいだにかけ違った恋があって知られているが、それも仲平の「うるはしくおはしましける」性格ゆえに伊勢がひとりで苦しみすぎた、という面がなくもない。ただ、それを機に伊勢が歌よみとしての自己にめざめていったという点では、仲平の果した役割も意味がなかったとは言えないかもしれないのだが。

そんな仲平であったが、なんと言っても摂関家基経の子息。兼輔より二歳年長でしかないのに、位階官職は段違いに高い。醍醐朝初期、兼輔がまだ非蔵人殿上していた昌泰四年（九〇一・七月に延喜と改元）には二十七歳で蔵人頭となり、兼輔が内蔵助に右兵衛佐を兼ねていた延喜八年（九〇八）には三十四歳で参議となっている。

兼輔集の中にこの仲平が出てくるのは、まずこんな場面である。

梅の花おもしろかりけるを見にとて、枇杷殿におはしたりける
に

宿近くにほはざりせば梅の花風のたよりに君を見ましや

「枇杷殿」とは、左京一条三坊15町にあったとされる仲平の邸宅である。枇杷の木のある邸宅であったのでそう呼ばれた。転じてその邸宅のあるじ仲平も、「枇杷殿」とか「枇杷のおとど」と呼ばれた。ここはその意味の「枇杷殿」である。また右の詞書に「枇杷殿におはしたりけるに」とあるのは、他本と比べ合わせて考えるとき「枇杷殿おはしたりけるに」であろうと思われる。従って「おはし」の敬意待遇は仲平に対してのものである。すなわち右の詞書に言われているのは、兼輔邸の梅の花がきれいだと聞いて仲平がそれを見に訪れた、という状況。歌は、それを迎えた兼輔の、梅のあるじとしてのあいさつである。

ご邸宅の近くまで花の香がかおってゆくことがなかったら、こうしてお出ましいただくこともなかったでしょうね。

と、噂に誘われての来訪をよろこんでいる。このときの兼輔邸は、おそらく京極にあった本邸（74頁）であろうが、先に見た定方を迎えての藤花の宴（135頁）と言いこのときの梅花と言い、兼輔邸には心して花木が植え育てられてあったもののように思われる。また仲平は、ふと梅の香に誘われて、というふうに訪れているようだが、それは、日ごろから両者のあいだにはそういうことも自然にあり得るような親しいつきあいがあった、ということであろう。

いまひとつ兼輔集の中に仲平が出てくるのは、次のような場面である。

さくらの花の散るをかき集めてよさぶらひに置かせたまへりけ
　るを見て、枇杷のおとど
散るにほひあだなるものといふなればかくてのみこそ見るべかりけれ
　そのついでに
拾ひおきて見る人しあればさくら花散りてののちのくやしさもなし

ことによるとこれは、兼輔の蔵人頭時代のできごとではなかったろうか。落花を集めて夜の詰所に置かせられてあった、という。「置かせたまへりける」と敬語が使われているのは、それを「置かせ」たのがたれか上位の人であったからだと思われる。堤中納言集（部類名家集本）で見れば、この歌の詞書は、

　醍醐のおほんとき、さくらの花の散りたるをかき集めて殿上に
　置かせたまへるを見て

となっていて、もしや「殿上に置かせたまへる」のは帝ではなかったか、と思いたくなるような書きぶりである。

いずれにしてもその日の「よさぶらひ」には落花が集め置かれてあった。ちょうどそこへ来合せた仲平が、

　さくらは散るさまがはかないものだと言いますから、なるほど、散ったのちをこのように

して見ればいいわけですね。

とあいさつした。これを受けて兼輔も、

このように、落花を拾い置いたのを見てくださる方もありますゆえ、花としては散ったのちのくやしさもないことです。

と答えている。双方、歌という形式にこだわったところがなくて、ほとんどその場の会話そのもののようなやりとりである。落花を集め盛って見せるという趣向にすぐ反応した仲平、その仲平の反応に同意する兼輔。些細な場面だが、殿上人同士の、日常の場にあってのことばの交わしかた、心の通い合いのさまが、よく窺われる。

兼輔と仲平の間柄について、これ以上のことを知る手がかりはない。しかし後撰集哀傷歌の部には次のような一対の贈答歌があって、ある示唆を与えてくれる。

清正《きよただ》が枇杷大臣のいみにこもりて侍りけるにつかはしける　藤原守文

世の中のかなしきことを菊の上に置く白露ぞ涙なりける

かへし　清　正

聞くにだに露けかるらむ人の世を眼に見し袖を思ひやらなむ

ここに出てくる「清正」は兼輔の二男である。このとき清正は仲平の忌にこもっており、知人の守文から弔問歌をもらってこれに返歌している。清正が仲平の忌にこもったというのは、清正が仲平の婿であったからであろうと、片桐洋一校注『後撰和歌集』（新日本古典文学大系　岩波書店一九九〇年）の脚註は指摘している。おそらくそうであろう。すなわち清正は、仲平の娘を妻としていたらしい。兼輔の家と仲平の家は、子世代において通婚関係を持ったようである。後撰集に残る右の一対の歌は、極めて間接的にではあるが、兼輔と仲平の位置の近さを暗示しているように思われる。

これまでにしばしば述べたように、醍醐期における外戚家と摂関家とのあいだには、冷静にして賢明なる棲み分けがあったように見受けられる。しかしながら、右のような兼輔集や後撰集の小場面を見ていると、兼輔と仲平にあったのは、そうした政治的な「棲み分け」とは別の親和ではなかったか、と思われる。人をよく容れた兼輔と、「御こころうるはしくおはしまし」た仲平。それに両者には、年齢的な近さもある。少なくともそこに感じられるのは、決して慇懃なる距離感などではなく、人と人とのやわらかな交わりであることを、見ておこう。

仲平が薨じたのは朱雀朝の天慶八年（九四五）九月、兼輔が世を去ってから十二年後のことである。

むすび

延長八年（九三〇）九月、醍醐天皇は位を去り、そして崩じた。

朱雀天皇の代となってその年の十二月に、台閣人事があった。清涼殿落雷により死去した大納言清貫のあとに、摂関家時平の長子保忠が中納言から上り、権中納言兼輔と参議邦基が中納言位へ上った。兼輔は同時に右衛門督を兼ねることになり、右大臣定方は、摂政となった忠平のあとを襲って左大将を兼ねることになった。

朱雀朝に入ってからの右大臣定方と中納言兼輔の動静は知られない。朝が代ってからの二人には、あまり大きな活動がなかったのかもしれない。醍醐天皇更衣であった兼輔女桑子のその後もわからない。いずれ内裏を去ったはずだが、それからの桑子やその所生の章明親王に兼輔がどうかかわったかも、言うことができない。

定方の死は、醍醐天皇崩御から二年後であり、兼輔の死はそれから半年後である。定方の妹であった尚侍満子は、さらにそれから四年後に世を去っている。これらの人々は、時を知って、静かにその場を去って行った。醍醐朝というひとつの時代において、果すべき役割を果し終えたのちの退場であった。

兼輔の墓は、その所在が知られない。

付　表

兼輔関係略系図

皇統図

年表

[兼輔関係略系図]

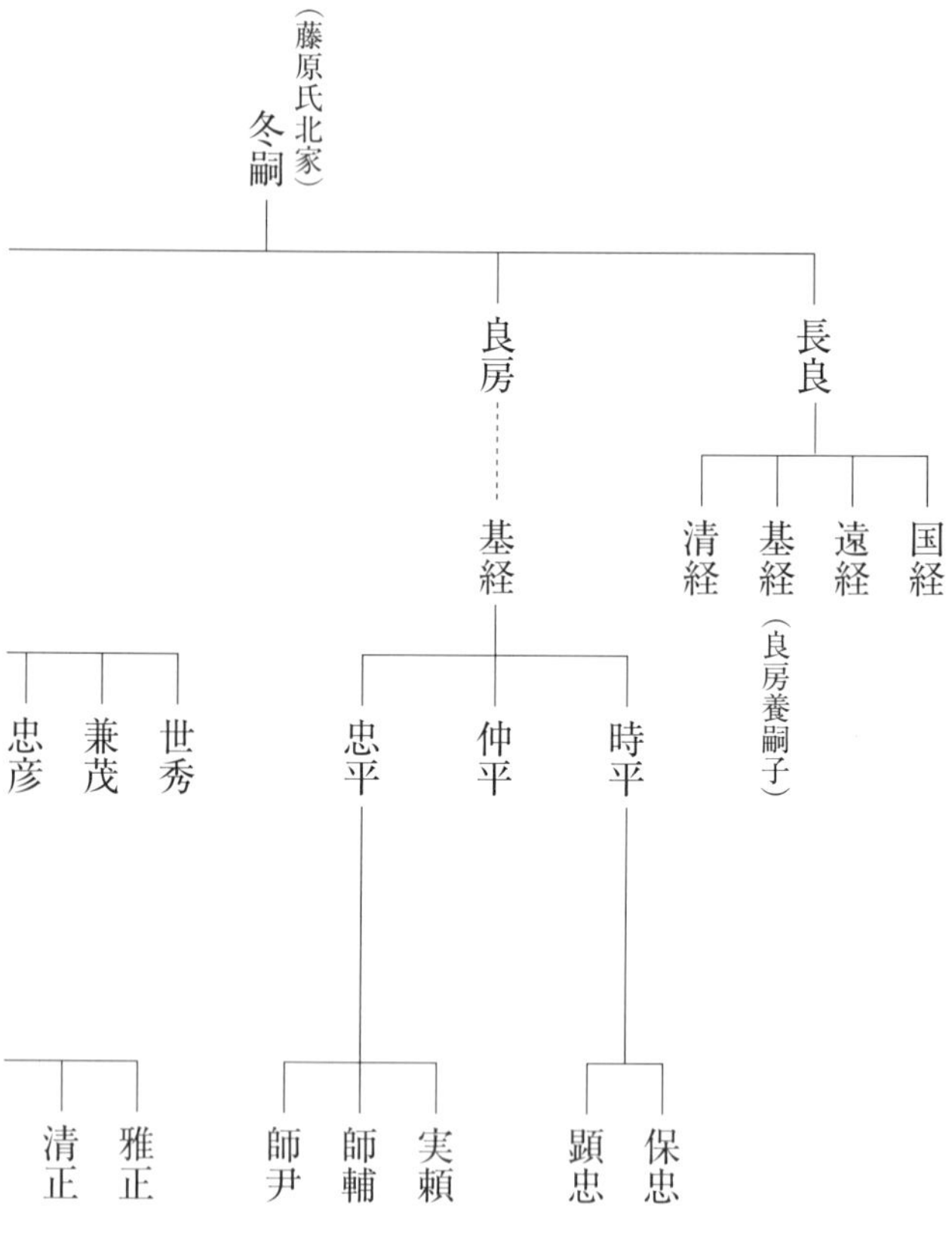
（藤原氏北家）
冬嗣
長良
良房
清経
基経
遠経
国経
（良房養嗣子）
基経
時平
仲平
忠平
世秀
兼茂
忠彦
保忠
顕忠
実頼
師輔
師尹
雅正
清正

185　［兼輔関係略系図］

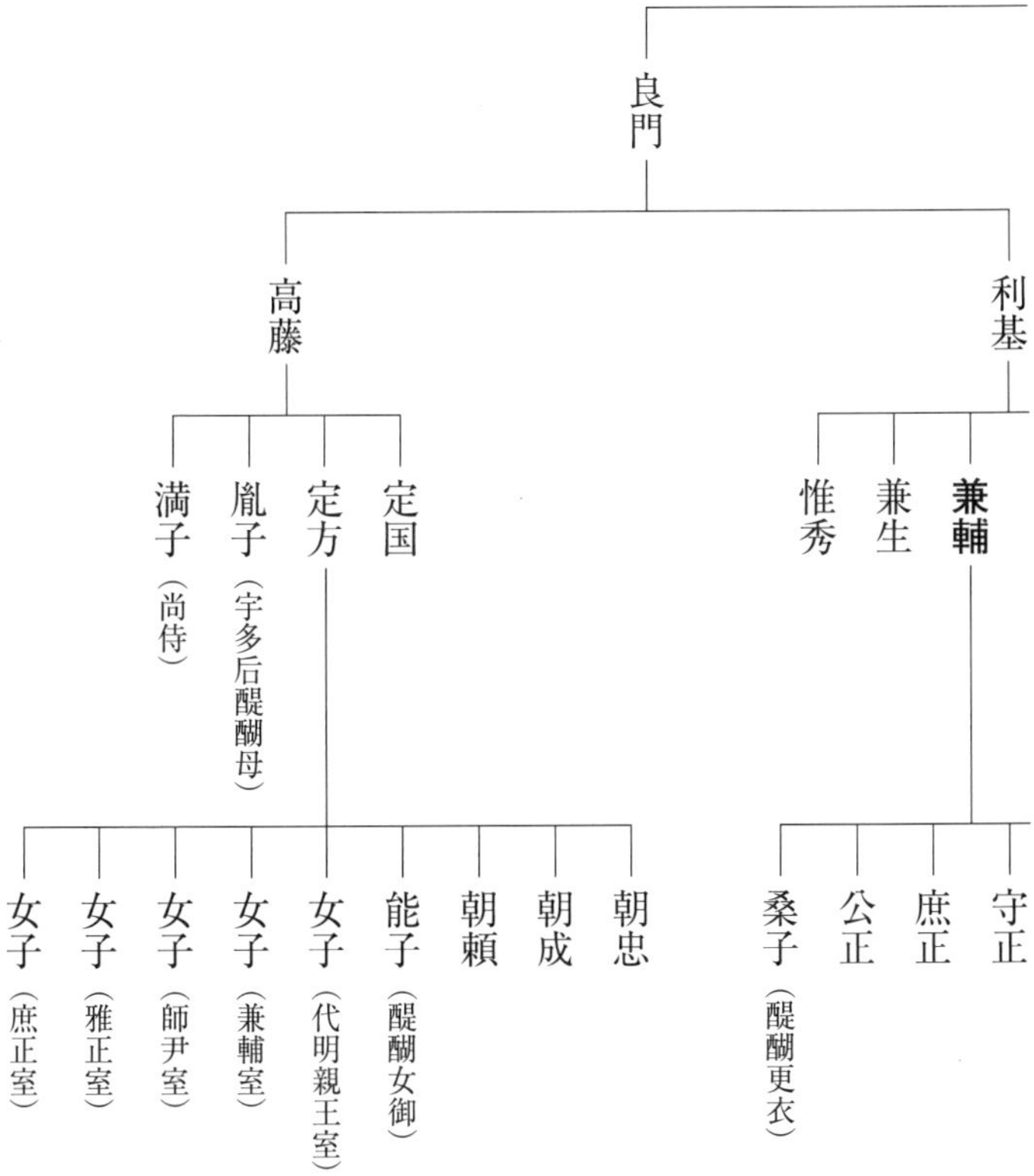

良門
利基
高藤
兼輔
兼生
惟秀
定国
定方
胤子（宇多后醍醐母）
満子（尚侍）
守正
庶正
公正
桑子（醍醐更衣）
朝忠
朝成
朝頼
能子（醍醐女御）
女子（代明親王室）
女子（兼輔室）
女子（師尹室）
女子（雅正室）
女子（庶正室）

【皇統図】（数字は歴代順位を表す）

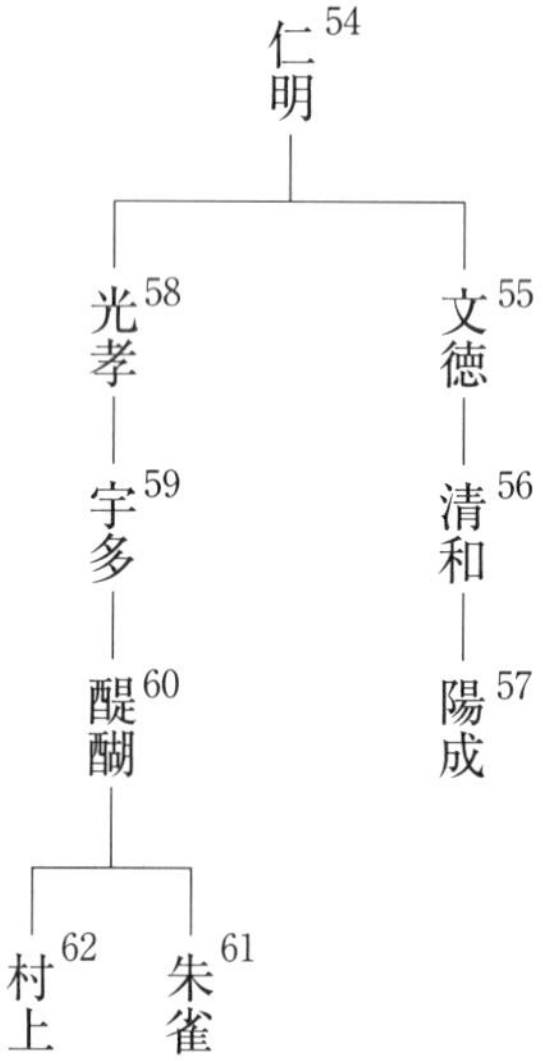

〔年表〕

天皇	和暦	西暦	兼輔年齢	兼輔のこと	関係すること
清和	貞観8	866			定国生まれる
	13	871			時平生まれる
	15	873			定方生まれる
	16	874			満子生まれる
	17	875			仲平生まれる
陽成	18	876			11月29日　清和天皇退位　陽成天皇践祚
	元慶元（四月改元）	877	1	兼輔生まれる	
	4	880	4		忠平生まれる
宇多	仁和3	887	11		8月26日　光孝天皇崩御　宇多天皇践祚
	寛平5	893	17	春宮殿上	4月2日　敦仁親王立太子

天皇	年号	西暦	年齢	事項	一般事項
宇多	8	896	20	寛平年間に父利基卒す	6月30日　宇多天皇女御胤子薨
醍醐	寛平9	897	21	7月7日　昇殿　非蔵人	7月3日　宇多天皇退位　醍醐天皇践祚
	昌泰元（四月改元）	898	22	正月29日　任讃岐権掾 4月8日　もとの如く殿上	
	2	899	23	9月　斎王群行の長奉送使をつとめる	9月8日　斎王柔子内親王群行
	3	900	24		3月12日　内大臣高藤薨
	延喜元（七月改元）	901	25	2月19日　任右衛門少尉	正月25日　右大臣菅原道真を大宰権師へ左遷
	2	902	26	正月7日　叙従五位下 2月21日　昇殿	
	3	903	27	2月26日　任内蔵助	2月25日　道真筑紫にて薨
	5	905	29		9月21日　勧修寺を定額寺とす
	6	906	30		7月3日　大納言定国薨

醍醐				
7	907	31	2月29日 任右兵衛佐（助如元）	2月7日 満子を尚侍に任ず
9	909	33	正月27日 五位蔵人	4月4日 左大臣時平薨
10	910	34	正月7日 叙従五位上 任右衛門佐（助如元）	
13	913	37	正月21日 兼左近衛少将	正月28日 参議定方六人を超えて任中納言 10月8日 能子を女御とす 10月13日 内裏にて菊合 10月14日 尚侍満子に四十算賀を賜う
延喜14	914	38	正月12日 兼近江介	
15	915	39	正月7日 叙正五位下	
16	916	40	3月28日 兼内蔵権頭	
17	917	41	正月29日 内蔵頭に転ず 8月28日 蔵人頭 11月14日 叙従四位下	閏10月5日 内裏残菊宴

醍醐	19	919	43	正月28日 兼備前守 兼左近衛権中将	12月21日 御仏名 導師雲晴を権律師に任ず
	21	921	45	正月30日 任参議	
	22	922	46	正月7日 叙従四位上	
	延長元（閏四月改元）	923	47		3月7日 兼茂卒す 3月21日 皇太子保明親王薨
	2	924	48	2月1日 兼近江守 この年 桑子皇子章明を生む	正月22日 定方任右大臣
	3	925	49		6月19日 皇太子慶頼王薨
	5	927	51	正月12日 任権中納言 叙従三位	
	8	930	54		正月 貫之任土佐守 2月28日 敦慶親王薨 6月26日 清涼殿に落雷
	延長8	930	54		9月22日 醍醐天皇退位 朱雀天皇践祚 9月27日 醍醐上皇右大将曹

朱雀				12月17日　任中納言兼右衛門督 この年　母卒したか	司へ遷幸 9月29日　皇子章明に親王宣下 未一刻醍醐上皇崩御
	承平元（四月改元）	931	55		7月19日　宇多上皇崩御
	2	932	56		8月4日　右大臣定方薨
	3	933	57	2月18日　兼輔薨	
	5	935			2月16日　貫之土佐より京へ帰着
	7	937			10月13日　尚侍満子薨

山下道代（やました みちよ）

昭和６年生　鹿児島県立女子専門学校国文科卒業

著書：『古今集　恋の歌』（昭62　筑摩書房）

『王朝歌人 伊勢』（平２　筑摩書房）

『歌語りの時代—大和物語の人々—』（平５　筑摩書房）

『古今集人物人事考』（平12　風間書房）

『伊勢集の風景』（平15　臨川書店）

『陽成院—乱行の帝—』（平16　新典社）

『みみらくの島』（平20　青簡舎）

『歌枕新考』（平22　青簡舎）

共著：『伊勢集全釈』（平８　風間書房）

藤原兼輔

二〇一四年十月三十一日　第一刷発行

著者　山下　道代

発行者　大貫　祥子

発行所　青　簡　舎

〒一〇一-〇〇五一

東京都千代田区神田神保町二-一四

電　話　〇三-五二一三-四八八一

ＦＡＸ　〇三-五二一三-四八八九

振替　〇〇一七〇-九-四六五四五二

印刷・製本　藤原印刷株式会社

ISBN978-4-903996-76-9　C1092